Himmelrike
(I)

[Den hellige byen, Jerusalem] har Guds ære. Hennes glans var akkurat som en veldig dyr edelsten, som en edelsten av krystallklar jaspis.

(Johannes' åpenbaring 21:11)

Himmelrike (I)

Så Klart og Vakkert som Krystall

Dr. Jaerock Lee

Himmelrike I: Så Klart og Vakkert som Krystall av Dr. Jaerock Lee
Utgitt av Urim Bøkene (Representant: Kyungtae Noh)
73, Yeouidaebang-ro 22-gil, Dongjak-gu, Seoul, Korea
www.urimbooks.com

Alle rettigheter forbeholdt. Denne boken og deler av den kan ikke bli kopiert i noen som helst form, oppbevart i et oppbevaringssystem, eller overført i noen som helst form eller på noen som helst måte, elektronisk, mekanisk, fotokopi, innspilt eller på noen annen måte uten skriftlig tillatelse fra forlaget.

Copyright © 2016 av Dr. Jaerock Lee
ISBN: 979-11-263-0032-7 04230
ISBN: 979-11-263-0031-0 (set)
Oversettelses Copyright © 2009 av Dr. Esther K. Chung. Brukt ved tillatelse.

Tidligere utgitt i Korea i 2002 av Urim Bøkene i Seoul, Korea.

Først Utgitt i januar 2016

Redigert av Dr. Geumsun Vin
Planlagt av Urim Bøkenes Redigerings Byrå
Utskrevet av Yewon Trykkeri
For mer informasjon, henvend deg til: urimbook@hotmail.com

 Forord

Kjærlighetens Gud leder ikke bare hver troende til frelsens vei, men avslører også om himmelrikets hemmeligheter.

Minst en gang i livet har en sikkert slike spørsmål som, "Hvor havner jeg etter at livet på jorden er over?" eller "Eksisterer virkelig himmelen og helvete?"
Mange mennesker dør selv før de finner svarene til slike spørsmål, eller selv om de tror på livet etter døden, er ikke alle i besittelse av himmelrike fordi ikke alle eier den riktige kunnskapen. Himmelen og helvete er ikke noen fantasi, men en virkelighet i det åndelige rike.

På den annen side er himmelen slikt et vakkert sted som ikke kan bli sammenlignet med noe annet her i verden. Spesielt skjønnheten og lykken i det nye Jerusalem, hvor Guds krone er, kan ikke bli beskrevet godt nok fordi det er laget av de beste materialene og med himmelske dyktigheter.

På den annen side, er helvete full av uendelige tragiske smerter, og evigvarende straff. Den forferdelige virkelighet er forklart i boken Helvete. Himmelrike og helvete ble bekjentgjort gjennom Jesus og apostlene, og selv i dag er de åpenbart i detaljer gjennom Guds folk som tror helt fullt og fast på Ham. Himmelrike er stedet hvor Guds barn nyter det evige liv, og utenkelige, vakre, og vidunderlige ting vil bli laget til dem. Så du kjenner til detaljene om det når Gud tillater det og viser det til deg.

Jeg ba og fastet hele tiden i syv år for å lære om dette himmelrike og begynte å motta svar fra Gud. Nå viser Gud meg flere dype hemmeligheter fra det åndelige riket.

Siden himmelrike ikke er synlig, er det vanskelig å beskrive himmelen ved hjelp av språket og kunnskapene fra denne verdenen. Det kan også bli misforståelser om det. Det er derfor apostelen Paulus ikke kunne gå i detaljer om Paradiset i det Tredje Himmelrike slik som han hadde sett i en åpenbaring.

Gud lærte meg også om mange av himmelrikets hemmeligheter, og i flere måneder preket jeg bare om det lykkelige livet og om forskjellige steder og belønninger i himmelen ifølge hvor mye tro vi har. Men jeg kunne ikke preke i detaljer om alt som jeg hadde lært om.

Grunnen til at Gud lar meg gi ut hemmelighetene til det åndelige riket som blir bekjentgjort i denne boken er for å spare så mange sjeler som mulig og lede dem til himmelrike, som er like klart og vakkert som krystall.

Jeg gir all takknemligheten og æren til Gud fordi Han tillot meg å utgi *Himmelrike I: Så Klart og Vakkert som Krystall*, en beskrivelse av et sted som er like klart og vakkert som krystall, fyllt med Guds ære. Jeg håper at du vil erkjenne Guds store kjærlighet som viser deg himmelrikets hemmelighet og fører alle menneskene til frelsens vei slik at du også kan få den. Jeg håper også at du vil forte deg mot målet til det evige livet i det nye Jerusalem.

Jeg takker Geumsun Vin, Direktøren for Redaksjonsbyrået og hennes ansatte, og Oversettingsbyrået for deres vanskelige arbeide vedrørende utgivelsen av denne boken. Jeg ber i Herrens navn at mange sjeler vil bli frelst og vil nyte det evige livet i det nye Jerusalem gjennom denne boken.

Jaerock Lee

Innledning

I håp om at hver og en av dere vil innse Guds tålmodige kjærlighet, gjennomføre hele ånden, og løpe mot det nye Jerusalem.

Jeg gir all takknemlighet og ære til Gud som har ledet mangfoldige mennesker til troen om det åndelige riket på ordentlig måte, og som løper mot målet med håp om himmelrike gjennom skriften om *Helvete* og den todelte serien om *Himmelen*.

Denne boken inneholder ti kapitler og viser oss klart og tydelig om livet og skjønnheten, og forskjellige steder i himmelen, og om belønninger som blir gitt ifølge hvor mye tro en har. Det er dette Gud har åpenbart til Pastor Dr. Jaerock Lee ved inspirasjonen fra den Hellige Ånd.

1. Kapittel "Himmelrike: Så Klart og Vakkert som Krystall" er beskrivelsen av himmelens evige lykke ved å se på dens generelle fasade, hvor det ikke vil være noen sol eller måne som skinner.

2. Kapittel "Edens Have og dens Ventested i Himmelen" forklarer om beliggenheten, dens fasade, og livet i Edens Have, for å få deg til å bedre fortå himmelrike. Dette kapittelet forteller oss også om Guds plan og forsyn vedrørende treet med kunnskapen om godt og ondt og om å kultivere menneskene åndelig. Det forteller oss til og med om Ventestedet hvor de frelsede menneskene venter helt til vi kommer til Dommedagen, og også om livet der inne, og hva slags mennesker som kommer rett til det nye Jerusalem uten å vente der.

3. Kapittel "Den Syv-år lange Bryllups Festmiddagen" forklarer om Jesus Kristus Andre Advent, den Syv-år Lange Prøvelsen, om Herrens tilbakekomst til jorden, Millennium, og det evige liv etterpå.

4. Kapittel "Himmelens Hemmeligheter Som Har Vært Gjemt Siden Skapelsen" dekker himmelens hemmeligheter som ble avslørt av Jesus lignelser og forteller deg om hvordan du kan vinne himmelen, hvor det finnes mange bosteder.

5. Kapittel "Hvordan Vil Vi Bo i Himmelrike?" forklarer om den åndelige kroppens høyde, vekt, og hudfarve, og hvordan vi vil bo. Med mange forskjellige eksempler om lykkelige liv i himmelen, dette kapittelet anbefaler deg også om å kjempe

hardt med å komme deg videre til himmelen og om å ha høye forventninger om det.

6. Kapittel "Paradiset" forklarer om Paradiset som er himmelens laveste nivå, men mye vakrere og lykkeligere enn denne verdenen. Det beskriver også om hva slags mennesker som vil komme til dette Paradiset.

7. Kapittel "Himmelens Første Kongerike" forklarer om livet og belønningene i det Første Kongerike, som vil ta i mot de som aksepterte Jesus Kristus og prøvde å leve ifølge Guds ord.

8. Kapittel "Himmelens Andre Kongerike" forsker inn i livet og belønningene til det Andre Kongeriket hvor de som ikke helt oppnådde hellighet, men som gjorde deres gjerninger vil komme. Det legger også trykk på viktigheten med å lyde og å utføre ens forpliktelse.

9. Kapittel "Himmelens Tredje Kongerike" forklarer om skjønnheten og lovprisningen til det Tredje Kongerike, som ikke kan bli sammenlignet med det Andre Kongerike. Det Tredje Kongerike er bare stedet for de som kastet vekk alle deres synder – til og med deres vesens synder – av deres egen innsats og ved hjelp av den Hellige Ånd. Det forklarer om Guds kjærlighet som

tillater prøvelser og tester.

Til slutt er det 10. Kapittel "Det Nye Jerusalem" som presenterer det nye Jerusalem som det vakreste og mest vidunderlige stedet i himmelen, hvor Guds Trone befinner seg. Det beskriver om hva slags mennesker som vil komme til det nye Jerusalem. Dette kapittelet sluttes ved å gi leserne et håp gjennom eksemplene vedrørende husene til to mennesker som vil komme inn til det nye Jerusalem.

Gud har gjort ferdig et himmelrike som er like klart og vakkert som krystall for Hans elskede barn. Han vil at så mange barn som mulig skal bli frelst og ser frem til å se Hans barn komme inn til det nye Jerusalem.

Jeg håper i Herrens navn at alle leserne av *Himmelrike I: Så Klart og Vakkert som Krystall* vil erkjenne Guds store kjærlighet, utfylle hele ånden med hjelp av Herrens hjerte, og løpe med all sin styrke mot det nye Jerusalem.

Geumsun Vin
Direktør for Redaksjonsbyrået

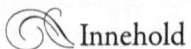 Innehold

Forord

Innledning

1. Kapittel **Himmelrike I: Så Klart og Vakkert som Krystall** • 1
  1. Ny Himmel og Ny Jord
  2. Elven med Livets Vann
  3. Guds Trone og Lammet

2. Kapittel **Edens Have og dens Ventested i Himmelen** • 21
  1. Edens Have Hvor Adam Bodde
  2. Menneskene Blir Oppdratt på Jorden
  3. Ventestedet i Himmelen
  4. Om Mennesker Som Ikke Blir Værende på Ventestedet

3. Kapittel **Den Syv-år lange Bryllups Festmiddagen** • 47
  1. Jesus Tilbakekomst og den Syv-år Lange Bryllups Festmiddagen
  2. Millenniumet
  3. Himmelrike Belønnet etter Dommedagen

4. Kapittel **Himmelens Hemmeligheter Som Har Vært Gjemt Siden Skapelsen** • 7
  1. Hemmeligheter om Himmelen Har Blitt Åpenbart Siden Jesus Tid
  2. Hemmeligheter om Himmelen som ble Åpenbart på Slutten av Tiden
  3. I Min Faders Hus Er Det Mange Oppholdssteder

5. *Kapittel* **Hvordan Vil Vi Bo i Himmelrike?** • 99

   1. Den Generelle Livsstilen i Himmelen
   2. Klærne i Himmelen
   3. Maten i Himmelen
   4. Fremkomstmiddellet i Himmelen
   5. Underholdningen i Himmelen
   6. Religionslære, Utdannelse, og Kulturen i Himmelen

6. *Kapittel* **Paradiset** • 125

   1. Skjønnheten og Lykken i Paradiset
   2. Hva Slags Mennesker Kommer til Paradiset?

7. *Kapittel* **Himmelens Første Kongerike** • 141

   1. Dens Skjønnhet og Lykke Overskrider Paradiset
   2. Hva Slags Mennesker Kommer så til det Første Kongerike?

8. *Kapittel* **Himmelens Andre Kongerike** • 153

   1. Vakre Personlige Hus som blir Gitt til Hver Og En
   2. Hva Slags Mennesker Kommer så til det Andre Kongerike?

9. *Kapittel* **Himmelens Tredje Kongerike** • 169

   1. Engler Tjener Alle Guds Barn
   2. Hva Slags Mennesker Kommer til det Tredje Kongerike?

10. *Kapittel* **Det Nye Jerusalem** • 185

    1. Folkene i det Nye Jerusalem Står Ansikt til Ansikt med Gud
    2. Hva Slags Mennesker Kommer til det Nye Jerusalem?

1. Kapittel

Himmelrike I:
Så Klart og Vakkert som Krystall

1. Ny Himmel og Ny Jord
2. Elven med Livets Vann
3. Guds Trone og Lammet

Og han viste meg et vann med livsens vann,
som rant, klart som vann,
ut fra Guds og Lammest trone,
Mellom stadens gate og elven,
på begge sider, stod livsens tre,
som bar frukt tolv ganger
og ga sin frukt hver måned;
og bladene på treet
var til legedom for folkene.
Og ingen forbannelse skal være mere,
og Guds og Lammets trone skal være i den,
og Hans tjenere skal tjene Ham,
og de skal se Hans åsyn,
og Hans navn skal være på deres panner.
Og natt skal ikke være mere,
og de trenger ikke lys av lampe
og lys av sol,
for Gud Herren skal lyse over dem;
og de skal regjere i all evighet.

- Johannes' åpenbaring 22:1-5 -

Mange mennesker lurer og spør, "Det blir sagt at vi kan få et lykkelig evig liv i himmelen – så hva slags sted er det?" Hvis du hører på vitnesbyrdene til de som har vært i himmelen, kan du høre at de fleste av dem har gått gjennom en lang tunnel. Det er på grunn av at himmelen ligger i det åndelige rike, som er veldig forskjellig fra verdenen som du lever i.

De som bor i denne tredimensjonale verdenen kjenner ikke til himmelen i detaljer. Du får vite om denne vidunderlige verdenen, over den tredimensjonale verdenen, bare når Gud forteller deg om det eller når dine åndelige øyne blir åpnet. Hvis du kjenner til dette åndelige rike i detaljer, vil ikke bare din sjel bli lykkelig, men din tro vil også vokse hurtig og du vil bli elsket av Gud. Jesus fortalte deg derfor om himmelens hemmeligheter gjennom mange lignelser og Johannes fortalte oss i detaljer om himmelrike i Boken om Åpenbaring.

Så hva slags sted er så himmelrike og hvordan kan folk bo der? Du vil hurtig ta en titt på himmelrike som er like klart og vakkert som krystall, som Gud har gjort i stand for å dele Hans kjærlighet med Hans barn i all evighet.

1. Ny Himmel og Ny Jord

Den første himmelen og den første jorden som Gud hadde skapt var like klare og vakre som krystall, men de ble fordømt på grunn av ulydigheten til Adam, det første menneske. Hurtig og vidspredd industrialisering og utvikling i vitenskapen og teknologien har forurenset denne verdenen, og flere og flere mennesker spør nå for tiden etter beskyttelse fra naturen.

Derfor, når tiden kommer, vil Gud sette tilside det første himmelrike og den første verdenen og avsløre et nytt himmelrike og en ny verden. Selv om denne verdenen har blitt forurenset og råtten, er den fremdeles nødvendig for å kunne oppdra Guds sanne barn som kan og vil komme inn til himmelrike.

I begynnelsen skapte Gud jorden, og så et menneske, og førte så mannen til Edens Have. Han ga ham full frihet og overflod ved å gi ham alt unntagen å spise fra treet med kunnskapet om godt og ondt. Mannen derimot brøt den eneste tingen som Gud hadde forbydd, og ble derfor senere drevet ut til denne verden, det første himmelrike og den første jorden.

Siden Gud den allmektige hadde visst at menneskene ville gå dødens vei, hadde Han forberedt Jesus Kristus selv før tiden begynte, og sendt Ham ned til denne jorden når den passende tiden var kommet.

Derfor vil alle de som aksepterer Jesus Kristus som ble korsfestet og som oppsto fra de døde bli forvandlet til en ny skapning og dra til det nye himmelrike og den nye jorden og nyte et evig liv.

De Blå Skyene i det Nye Himmelrike er like Klare som Krystall

Det nye himmelrikets himmel som Gud har forberedt er fylt med ren luft for å gjøre den virkelig klar, ekte, og ren i motsetning til luften her på jorden. Se for deg en klar og høy himmel med rene hvite skyer. Hvor fantastisk og herlig ville det ikke være!

Hvorfor ville så Gud lage den nye himmelen blå? Åndelig vil blåfarven gi den en følelse av dyphet, høyde og renhet. Vann er like rent som det er blått. Når du ser på den blå himmelen, kan du også føle ditt hjerte friskne til. Gud lot skyene på jorden bli blå fordi Han gjorde ditt hjerte rent og ga deg hjerte til å finne Skaperen. Hvis du kan tilstå, ved å se på den blåe, klare himmelen, at "Min Skaper må være der oppe. Han gjorde alt så vakkert!" Ditt hjerte vil bli renset og du vil bli tvunget til å føre et godt liv.

Hva hvis hele himmelen var gul? Istedenfor å ha en trygg følelse, vil folk føle seg bekymret og forvirret, og noen vil til og med lide av nerveproblemer. På samme måte, kan en røre ved folks sinn, forbedre sinnet, eller bli forvirret avhengig av forskjellige farver. Det er derfor Gud har laget himmelen til det nye himmelrike blått og laget rene hvite skyer slik at Hans barn kunne bo lykkelig med hjerter som er like klare og vakre som krystall.

Himmelrikets Nye Jord som er Laget av Ren Gull og Juveler

Hvordan vil så den nye jorden i himmelen bli lik? På himmelens nye jord, som Gud har laget ren og klar som krystall, er det ikke noen jordbunn eller støv. Den nye jorden er bare laget av ren gull og juveler. Hvor fascinerende vil det ikke være i himmelen hvor det er skinnende veier som er laget av rent gull og juveler!

Denne verdenen er laget av jord, som kan bli forandret over tid. Denne forandringen forteller deg om meningsløshet og døden. Gud tillater alle plantene å vokse, bære frukt og visne i jorden slik at du kan innse at livet har en ende på denne jorden. Himmelrike er laget av rent gull og juveler som ikke forandrer seg på grunn av at himmelen er en sann og evig verden. Også, akkurat som planter vokser på denne jorden, vil de også vokse i himmelen når de er sådd. Men de hverken dør eller visner i motsetning til plantene på denne jorden. Til og med bakker og slott er laget av rent gull og juveler. Hvor skinnende og vakre ville de ikke være! Du burde ha en sann tro slik at du ikke vil gå glipp av himmelens skjønnhet og lykke som ikke riktig kan bli uttrykt med bare ord.

Forsvinningen av den Første Himmelen og den Første Jorden

Hva vil skje med den første himmelen og den første jorden når denne vakre nye himmelen og nye jorden kommer til syne?

"Og jeg så en stor hvit trone, og Ham som satt på den; og for hans åsyn vek jorden og himmelen bort, og det ble ikke funnet sted for dem" (Johannes' åpenbaring 20:11).

"Og jeg så en ny himmel og en ny jord; for den første himmel og den første jord var veket bort, og havet er ikke mere" (Johannes' åpenbaring 21:1).

Når menneskene som blir oppdratt på denne jorden er dømt mellom godt og ondt, det første himmelrike og den første jorden vil passere forbi. Dette betyr at de ikke vil forsvinne fullstendig, men istedenfor bli flyttet fra et sted til et annet.

Så hvorfor vil Gud flytte den første himmelen og den første jorden istedenfor å kvitte seg med dem fullstendig? Det er på grunn av at Hans barn som bor i himmelen vil ikke rekke frem til det første himmelrike og den første jorden hvis Han fullstendig fjerner dem. Selv om de hadde lidd sorg og lidelser i det første himmelrike og på den første jorden, vil de noen ganger savne dem fordi det en gang hadde vært deres hjem. Ved å vite dette, flytter kjærlighetens Gud dem derfor til en annen del av universet, og vil ikke helt bli kvitt dem.

Det universet som du bor i er en evig verden, og det er veldig mange andre universer. Så Gud vil flytte den første himmelen og den første jorden til et hjørne av universet og la Hans barn besøke det etter behov.

Det Er Ikke Noen Tårer, Sorg, Død, eller Sykdommer

Den nye himmelen og den nye jorden, hvor Guds barn som er frelst vil bo, har ingen forbannelse tilbake og er full av lykke. I Johannes' åpenbaring 21:3-4, vil du se at det ikke er noen tårer, beklagelser, død, sorg, eller sykdommer i himmelen fordi Gud er der.

"Og jeg hørte en høy røst fra tronen si: 'Se, Guds bolig er hos menneskene, og Han skal bo hos dem; og de skal være Hans folk, og Gud selv skal være hos dem og være deres Gud; og Han skal tørke bort hver tåre av deres øyne, og døden skal ikke være mere, og

ikke sorg og ikke skrik og ikke pine skal være mere; for de første ting er veket bort.'"

Hvor sørgelig ville det ikke være hvis du gikk sulten, og til og med dine barn gråt etter mat fordi de var sultne? Hvilken nytte vil det ha hvis noen kom og sa, "Du er så sulten at du gråter," og tørket dine tårer, men ikke ga deg noe? Hva ville derfor den virkelige hjelpen her bli? Han skulle gi deg noe å spise slik at du og dine barn ikke ville sulte. Bare da ville dine tårer og dine barns tårer stoppe.

På samme måte er det å si at når Gud tørker alle dine tårer betyr det at du er frelst og vil gå til himmelen, det blir slutt på bekymringene eller engstelsene fordi det ikke finnes noen tårer, beklagelser, død, sorg, eller sykdommer i himmelen.

På den ene side, samme om du tror på Gud eller ikke, vil du måtte leve med noen form for sorg i denne verdenen. Verdslige mennesker vil sørge veldig mye selv etter hvert minste tap de lider av. På den annen side, de som tror vil sørge med kjærlighet og nåde for de som fremdeles ikke har blitt frelst.

Når du har kommet til himmelen, vil du derimot ikke behøve å engste deg for døden, eller andre menneskers synder og å falle inn i den evige døden. Du behøver ikke å lide av syndene, så det vil derfor ikke bli noen som helst sorg.

I denne verdenen, når du er fylt med bedrøvelse, beklager du deg. I himmelen derimot, er det ingen grunn til å sørge fordi det ikke vil bli noen sykdommer eller bekymringer. Det vil bare være evig lykke.

2. Elven med Livets Vann

I himmelrike flyter Elven med Livets Vann som er like klart som krystall, i midten av den store gaten. Johannes' åpenbaring 22:1-2 forklarer om denne Elven med Livets Vann, og du vil være lykkelig bare ved å drømme om den.

"Og han viste meg en elv med livets vann, som rant klar som krystall, ut fra Guds og Lammets trone. Mellom stadens gate og elven, på begge sider, stod livsens tre, som bar frukt tolv ganger og gav sin frukt hver måned; og bladene på treet var på lægedom for folkene."

Jeg har før en gang svømt i et veldig klart hav i Stillehavet, og vannet var så klart at jeg kunne se plantene og fiskene i det. Det var så vakkert at jeg var veldig glad for å kunne være der. Til og med i denne verdenen, kan du føle at ditt hjerte friskner til og blir renset når du ser på det klare vannet. Hvor mye lykkeligere vil du være i himmelen hvor Elven med Livets Vann var, som er krystallklart, og som flyter i midten av den store gaten.

Elven med Livets Vann

Til og med i denne verdenen, hvis du ser på det rene havet, vil solen bli reflektert av bølgen, og vil skinne vakkert. I himmelen ser Elven med Livets Vann blått ut fra det fjerne, men hvis du ser på det nærmere, er det så klart, vakkert, flekkfritt, og rent, at du kan si at det er "krystallklart."

Hvorfor flyter så Elven med Livets Vann ut fra Guds Trone og Lammet? Åndelig refererer vannet til Guds ord, som er livets mat, og du får evig liv gjennom Guds ord. Jesus sa i Johannes' evangelium 4:14, *"Den som drikker av det vann Jeg vil gi ham, skal aldri i evighet tørste, men det vann Jeg vil gi ham, blir i ham en kilde med vann som veller frem til evig liv."* Guds ord er det Evige Livets Vann som holder deg i livet, og det er derfor Elven med Livets Vann flyter ut fra Guds Trone og ut fra Lammet.

Hvordan vil så Livets Vann smake? Det er noe så veldig søtt som du ikke har erfaring med på denne jorden, og du vil føle deg veldig styrket når du drikker det. Gud ga Livets vann til menneskene, men etter at Adam døde, ble alt vannet like som alt annet på denne jorden, forbannet. Helt siden da har menneskene ikke vært i stand til å smake på Livets Vann på denne jorden. Du kan bare smake på det når du drar til himmelen. Menneskene i denne verdenen drikker forurenset vann, og de leter etter kunstige drikker som brus istedenfor vann. På samme måte kan vannet på jorden aldri gi evig liv, men Livets Vann i himmelen, som er Guds ord, gir evig liv. Det er søtere enn honning og dråpene fra bikaken, og det gir styrke til din sjel.

Elven Flyter Overalt I Himelen

Elven med Livets Vann som flyter fra Guds Trone og Lammet er akkurat som blodet som holder deg levende ved å sirkulere rundt om i kroppen din. Det renner rundt omkring i hele himmelrike ved å flyte i midten av den store gaten, og kommer tilbake til Guds Trone. Hvorfor flyter så denne Elven med Livets

Vann rundt omkring hele himmelen i midten av den store gaten? Først og fremst er denne Elven med Livets Vann den letteste måten å komme til Guds Trone på. Å dra til det nye Jerusalem hvor Guds Trone befinner seg er derfor bare å følge gaten som er laget av rent gull på hver side av elven.

Du kan også komme inn til himmelen via Guds ord, og du kan komme inn til himmelen bare hvis du følger denne veien om Guds ord. Som Jesus sier i Johannes' evangelium 14:6, *"Jeg er veien og sannheten og livet; ingen kommer til Faderen uten ved Meg,"* det finnes en vei til himmelrike via Guds sanne ord. Når du handler ifølge Guds ord, kan du komme inn til himmelen hvor Guds ord, Elven med Livets Vann, flyter.

Gud laget også Himmelrike på en slik måte at bare ved å følge Elven med Livets Vann, kan du komme til det nye Jerusalem som huser Guds Trone.

Gull og Sølv Sandkorn på Riverside

Hva vil det bli på siden av Elven med Livets Vann? Du ser først gull og sølv sandkorn spredd over alt. Sanden i himmelen er rund og virkelig myk, slik at den ikke vil sette seg fast i klærne selv hvis du boltrer deg i den.

Det er også mange komfortable benker som er dekorert med gull og juveler. Når du sitter på benken med dine beste venner og har gledende samtaler, vil pene engler tjene deg.

På denne jorden vil du beundre engler, men i himmelen vil englene kalle deg "herre" og tjene deg akkurat som du vil. Hvis du vil ha litt frukt, vil englene bringe frukt i en kurv som er dekorert med juveler eller blomster og levere kurven til deg med det samme.

Dernest, på begge sider av Elven med Livets Vann er det vakre blomster i mange forskjellige farver, fugler, insekter, og dyr. De tjener deg også som en herre og du kan dele din kjærlighet med dem. Hvor vidunderlig og vakker er ikke dette himmelrike hvor du har denne Elven med Livets Vann.

Livets Tre på Hver Side av Elven

Apostlenes' gjerninger 22:1-2 forklarer i detaljer om livsens tre på hver side av Elven med Livet Vann.

"Og han viste meg en elv med livets vann, som rant klar som krystall, ut fra Guds og Lammets trone, i midten av gaten. Mellom stadens gate og elven, på begge sider, stod livsens tre, som bar frukt tolv ganger og gav sin frukt hver måned; og bladene på treet var lægedom for folkene."

Hvorfor har så Gud plasert livsens tre som bærer tolv avlinger med frukt på hver side av elven?

Hovedsakelig ville Gud at alle Hans barn som kom til himmelen skulle føle himmelens skjønnhet og liv. Han ville også minne dem på at de bærte fruktene til den Hellige Ånden når de forholdte seg etter Guds ord, like som de kunne spise mat på grunn av deres eget slit.

Du må innse en ting her. Å bære tolv avlinger betyr ikke at et tre bærer tolv avlinger, men tolv forskjellige slags livsens trær som hver bærer en avling. I Bibelen kan du se at det ble dannet tolv folkestammer fra Israel gjennom de tolv sønnene til Jakob, og gjennom disse tolv stammene, ble nasjonen Israel dannet og nasjonen som aksepterte kristendommen har blitt opprettet over hele verden. Til og med Jesus valgte tolv disipler, og evangeliet har blitt forkynnet og spredd til alle nasjonene gjennom dem og deres disipler.

Tolv avlinger fra livets tre, symboliserer derfor at alle og enhver fra enhver nasjon, hvis han følger troen, kan bære frukten til den Hellige Ånd og komme til himmelen.

Hvis du spiser den vakre og fargerike frukten fra livets tre, vil du bli forfrisket og føle deg lykkeligere. Så fort det er plukket vil også en annen vokse ut, slik at de aldri vil bli tomme. Bladene til livets tre er mørk grønne og skinnende, og vil forholde seg slik for evig fordi de vil hverken falle av eller bli spist. Disse grønne og skinnende bladene er mye større enn bladene på de jordiske trærne, og de gror på en veldig systematisk måte.

3. Guds Trone og Lammet

Johannes åpenbaring 22:3-5 beskriver oppholdstedet til Guds trone og Lammet som ligger i midten av himmelen.

> "Og ingen forbannelse skal være mere, og Guds og lammets trone skal være i den, og Hans tjenere skal tjene Ham, og de skal se Hans åsyn, og Hans navn skal være på deres panner. Og natt skal ikke være mere, og de trenger ikke lys av lampe og lys av sol, for Gud Herren skal lyse over dem; og de skal regjere

i all evighet."

Tronen Ligger i Midten av Himmelen

Himmelen er den evige plassen hvor Gud regjerer med kjærlighet og rettferdighet. I det nye Jerusalem som ligger i midten av himmelrike, ligger Guds trone og Lammets trone. Lammet her refererer til Jesus Kristus (2. Mosebok 12:5; Johannes evangelium 1:29; Peters 1. brev 1:19). Ikke alle kan komme inn til stedet hvor Gud vanligvis oppholder seg. Det finnes på et sted i en annen dimensjon fra det nye Jerusalem. Guds trone på dette stedet er så mye vakrere og blankere enn den i det nye Jerusalem.

Guds trone i det nye Jerusalem er hvor selve Gud kommer ned når Hans barn har gudstjeneste eller har festmiddager. Johannes åpenbaring 4:2-3 forklarer om Gud når Han sitter på Hans trone.

"Straks var jeg bortrykket i Ånden, og se, en trone var satt i himmelen, og det satt en på tronen. Og Han som satt der, var å se til likesom jaspis og sarder-sten, og det var en regnbue rundt omkring tronen, å se til likesom en smaragd."

Rundt tronen sitter det fire og tjue eldre, som er kledt i hvite klesplagg med gyldne kroner på hodene deres. Foran tronen sitter de Sju Åndene til Gud og havet av glass, som er krystallklart. I midten og rundt tronen er det fire levende skapninger og mange himmelske verter og engler.

Videre, er Guds trone dekket med lys. Det er så vakkert, vidunderlig, majestetisk, fornemt, og stort at det er utenom menneskenes forståelse. På den høyre siden av Guds trone er Lammets trone, vår Herre Jesus. Det er uten tvil forskjellig fra Guds trone, men Gud den Treenige, Faderen, Sønnen og den Hellige Ånd, har samme hjerte, personlighet, og makt. Flere detaljer om Guds trone vil bli klargjort i den Andre Boken om *Himmelrike* med tittelen *"Fyllt med Guds Ære."*

Ingen Natt og Ingen Dag

Gud styrer over himmelrike og universet med kjærligheten og rettferdigheten fra Hans trone, som skinner med det hellige og vakre lyset fra saligheten. Tronen er oppbevart i midten av himmelrike og ved siden av Guds trone er Lammets trone, og det skinner også som lyset fra saligheten. Derfor trenger himmelen ikke solen eller månen, eller noe annet lys eller elektrisitet til å skinne på det. Det er ikke noen natt eller dag i himmelen.

Og dessuten anbefaler brevet til Hebreerne 12:14 deg til å *"Jag etter fred med alle og etter helliggjørelse; for uten helliggjørelse skal ingen se Herren."* Jesus i Matteus 5:8 lover deg at *"Salige er de som er rene av hjertet; for de skal se Gud."*

De troende som derfor blir kvitt all ondskapen fra deres hjerter og fullstendig adlyder Guds ord kan se ansiktet til Gud. Til den grad hvor de ligner Herren, vil de troende bli velsignet på denne jorden, og også leve nærmere Guds trone i himmelen.

Hvor lykkelige ville ikke menneskene være hvis de kan se Guds ansikt, tjene Ham, og dele Hans kjærlighet med Ham for evig. Men akkurat som du ikke kan se direkte på solen på grunn av dens skarpe lys, de som ikke ligner på Guds hjerte, kan ikke se Gud på nært hold.

Nyt den Virkelige Glede i All Evighet i Himmelen

Du kan nyte den virkelige glede i alt du gjør i himmelen på grunn av at det er den beste gaven Gud har laget istand med stor kjærlighet for Hans barn. Engler vil tjene Guds barn, som det sies i brevet til Hebreerne 1:14, *"Er de ikke alle tjenende ånder, som sendes ut til tjeneste for deres skyld som skal arve frelse?"* På samme måte som når menneskene har forskjellige styrker med tro, vil husenes størrelse og antall tjenende engler være forskjellig, avhengig av hvor mye menneskene ligner på Gud.

De vil bli vertet opp som prinser og prinsesser fordi englene vil lese tankene til de herrene som de ble tildelt, og de lager så hva enn de ønsker. Til og med dyr og planter vil elske Guds barn og tjene dem. Dyrene i himmelen vil adlyde Guds barn uten forbehold og vil også noen ganger prøve å gjøre noen spesielle ting for å glede dem, og på grunn av at de ikke har noen ondskap.

Hva med plantene i Himmelen? Hver plante har en vakker og usedvanlig duft, og hver gang Guds barn kommer i nærheten av dem, vil de gi ifra seg denne duften. Blomster gir fra seg den beste duften for Guds barn, og duften sprer seg til og med til steder langt unna. Duften er også fornyet idet den blir utgitt.

Frukten til de tolv forskjellige livstrærne, har også deres egen smak. Hvis du lukter på duften av blomstene eller spiser ifra livets tre, vil du bli så oppfrisket og lykkelig at det ikke kan bli sammenlignet med noe annet i denne verdenen.

I motsetning til plantene på denne jorden, vil blomstene i himmelen smile når Guds barn kommer til dem. De vil til og med danse for deres herrer og menneskene kan også holde samtaler med dem.

Selv om noen plukker noen blomster, vil blomstene ikke bli såret eller lei seg, men de vil bli gjenopprettet ved Guds makt. Blomsten som blir plukket vil bli oppløst i luften og forsvinne. Frukten som blir spist av menneskene vil også bli oppløst til nydelig duft og forsvinne gjennom vindpustet.

Det er fire sesonger i himmelen, og menneskene kan nyte de forskjellige sesongene. Mennesker vil føle Guds kjærlighet som nyter hver sesongs spesielle karakteristiske egenskaper: vår, sommer, høst og vinter. En vil kanskje spørre, "Ville vi fremdeles lide av varmen på sommeren og kulden på vinteren selv i himmelen?" Været i himmelen danner derimot de mest perfekte værforhold for Guds barn å leve i, og de vil ikke lide av de varme eller kalde værforholdene. Selv om åndelige kropper ikke kan føle hverken kulde eller varme selv på kalde eller varme steder, kan de fremdeles føle den kalde eller varme luften. Ingen vil derfor lide av varmt eller kaldt vær i himmelen.

På høsten kan Guds barn nyte vakre blader som er falt ned, og på vinteren kan de se hvit sne. De vil kunne nyte skjønnheten som er mye vakrere enn noe annet i denne verden. Grunnen til at Gud har laget fire sesonger i himmelrike er for å kunne la Hans barn vite at alt de vil ha er klart for deres nytelse i himmelen. Det er også et eksempel på Hans kjærlighet for å tilfredsstille sine barn når de savner denne jorden hvor de ble oppdratt, helt til de ble Guds sanne barn.

Himmelen er i den firedimensjonale verdenen som ikke kan bli samenlignet med denne verdenen. Den er full av Guds kjærlighet og makt, og har endeløse begivenheter og aktiviteter som menneskene ikke engang kan drømme om. Du vil lære mere om de evinnelige lykkelige livene til de troende i himmelen i 5. kapittel.

Bare de som har navnene deres skrevet i boken om lammets liv kan komme inn til himmelrike. Akkurat som det ble skrevet i Johannes' åpenbaring 21:6-8, bare han som drikker Livets Vann og blir Guds barn kan arve Guds kongerike.

> *"Og Han sa til meg: 'Det er skjedd. Jeg er Alfa og Omega, begynnelsen og enden. Jeg vil gi den tørste av livsens vannkilde uforskyldt. Den som seirer, skal arve alle ting, og jeg vil være hans Gud, og han skal være Min sønn. Men de redde og vanntro og vederstyggelige og manndraperne og horkarlene og trollmennene og avgudsdyrkerne og alle løgnere, deres del skal være i sjøen som brenner med ild og svovel; det er den annen død.'"*

Det er viktig at menneskene frykter Gud og holder Hans budskap (Predikerens bok 12:13). Så hvis du ikke frykter Gud eller du bryter Hans ord og fortsetter med å synde selv når du godt vet at du synder, kan du ikke komme inn til himmelen. Onde mennesker, mordere, ekteskapsbrytere, trollmenn, og avgudsdyrkere som holder på uten noen som helst sunn fornuft vil uten tvil ikke komme til himmelen. De overså Gud, tjente djevelene, og trodde på fremmede guder sammen med fienden Satan og djevelen.

De som lyver til Gud og bedrar Ham, og som prater om og setter gudsbespottelse mot den Hellige Ånd vil aldri komme inn til himmelen. Akkurat som jeg forklarte i boken Helvete, disse menneskene vil lide evig straff i helvete.

Derfor ber jeg i Herrens navn at du ikke vil akseptere Jesus Kristus og vinne rettighetene som Guds barn, men om å også nyte den evige lykke i denne vakre himmelen som er like klar som krystall, ved å følge Guds ord.

2. Kapittel

Edens Have og dens Ventested i Himmelen

1. Edens Have Hvor Adam Bodde
2. Menneskene Blir Oppdratt på Jorden
3. Ventestedet i Himmelen
4. Om Mennesker Som Ikke Blir Værende på Ventestedet

*Gud Herren
plantet en have i Eden, i Østen,
og der satte Han mennesket som Han hadde
dannet.
Og Gud Herren lot trær
av alle slag vokse opp av jorden,
prektige å se til og gode å spise av,
og midt i haven livsens tre
og treet til kunnskap om godt og ondt.*

- Første Mosebok 2:8-9 -

Adam, den første mannen som Gud skapte, levde i Edens Have som en levende ånd og kommuniserte med Gud. Men etter lang tid, begikk Adam synder ved å være ulydig og ved å spise fra treet med kunnskapen om godt og ondt som Gud hadde forbudt. På grunn av dette, døde hans ånd, som er menneskenes herre. Han ble drevet ut fra Edens Have og måtte leve på denne jorden. Nå døde ånden til Adam og Eva og kommunikasjonen med Gud ble blokkert. Ved å bo på denne ondskapsfulle jorden, hvor mye ville de ikke ha savnet Edens Have?

Den allvitende Gud hadde visst om Adams ulydighet på forhånd og forberedt Jesus Kristus, og åpnet veien til frelse når den tiden kom. Alle som er frelst ved troen, vil arve himmelen som ikke engang kan bli sammenlignet med Edens Have.

Etter at Jesus stod opp fra de døde og dro til himmelen, har Han laget et ventested hvor de menneskene som er frelst kan oppholde seg til Dommedagen kommer, og laget istand bosteder for dem. La oss kikke litt på Edens Have og Ventestedet i himmelen for å kunne bedre forstå himmelen.

1. Edens Have Hvor Adam Bodde

Første Mosebok 2:8-9 forklarer om Edens Have. Dette er hvor den første mannen og kvinnen som Gud skapte, hadde bodd.

"Og Gud Herren plantet en have i Eden, i Østen, og

der satte Han mennesket som Han hadde dannet. Og Gud Herren lot trær av alle slag vokse opp av jorden, prektige å se på og gode å ete av, og midt i haven livsens tre og treet til kunnskapet om godt og ondt."

Edens Have var stedet hvor Adam, en levende ånd, skulle leve, så den måtte bli laget et sted i den åndelige verdenen. Så, hvor idag er virkelig Edens Have, hjemmet til den første mannen Adam?

Beliggenheten til Edens Have

Gud har pratet om "himmelrikene" mange steder i Bibelen for å vise deg at det er steder i den åndelige verdenen utenom den himmelen som du kan se med ditt blotte øye. Han brukte navnet "himmelrikene" for å få deg til å forstå om stedene som tilhører den åndelige verdenen.

"Se, Herren din Gud hører himlene til og himlenes himler, jorden og alt det som er på den" (Femte Mosebok 10:14).

"Han er den som skapte jorden ved sin kraft, som grunnfestet jorderike ved sin visdom og spente ut himmelen ved sin forstand" (Jeremias 10:12).

"Lov Ham, i himlenes himler og i vann som er ovenover himlene!" (Salmenes bok 148:4)

Derfor, må du forstå at "himlene" ikke bare menes den himmelen som du kan se med ditt blotte øye. Det er på den Første Himmelen hvor solen, månen, og stjernene er, og det er den Andre Himmelen og den Tredje Himmelen som tilhører den åndelige verdenen. I 2. Korintierne 12, prater apostelen Paulus om den Tredje Himmelen. Hele himmelen fra Paradiset til det nye Jerusalem er i den Tredje Himmelen.

Apostelen Paulus hadde vært i Paradiset, som er plassen til de som har minst tro, og som er lengst borte fra Guds trone. Og der hørte han om himmelens hemmelighet. Men han vitnet fremdeles til at det var "ting som menneskene ikke kan prate om."

Så, hva slags åndelig verden er den Andre Himmelen? Dette er forskjellig fra den Tredje Himmelen, og her tilhører Edens Have. De fleste mennesker har tenkt at Edens Have oppholder seg her på denne jorden. Mange bibelske vitenskapsmenn og forskere fortsatte med arkeologiske undersøkelser og studier rundt Mesopotamia og de øvrige strømmene av Eufrat og Tigris i Midtøsten. Men hittil har de ikke funnet noe. Grunnen til at menneskene ikke kan finne Edens Have på denne jorden er på grunn av at den er i den Andre Himmelen som tilhører den åndelige verden.

Den Andre Himmelen er også oppholdstedet til den onde ånden som ble drevet ut av den Tredje Himmelen etter Lucifers opprør. Første Mosebok 3:24 sier, *"Og Han drev mennesket ut, og foran Edens Have satte Han kjerubene med det luende sverd som vendte seg hit og dit, for å vokte veien til livsens tre."* Gud gjorde dette for å forhindre den onde ånden fra å få evig liv ved å komme inn til Edens Have og spise ifra livets tre.

Portene til Edens Have

Du må ikke forstå det slik at den Andre Himmelen ligger over den Første Himmelen, og den Tredje Himmelen ligger over den Andre Himmelen. Du kan ikke forstå det fire dimensjonale verdensrommet og ovenfor med den forståelse og kunnskap som du har med den tre dimensjonale verdenen. Hvordan er mange av himmelrikene oppbygget? Den tre dimensjonale verdenen som du ser, og de åndelige himlene, virker som om de er separerte samtidig som at de er overlappet og bundet sammen. Det er porter som holder sammen den tre dimensjonale verdenen og den åndelige verdenen.

Fordi om du ikke kan se dem, holder portene sammen den Første Himmelen til Edens Have i den Andre Himmelen. Det er også porter som fører til den Tredje Himmelen. Disse portene er ikke veldig høyt oppe, men hovedsakelig på høyde med skyene som du kan se fra et fly.

I bibelen vil du se at det er porter som fører til himmelen (Femte Mosebok 7:11; 2. Kongebok 2:11; Lukas' evangelium 9:28-36; Apostlenes gjerninger 1:9; 7:56). Så når porten til himmelrike åpnes, er det mulig å gå opp til forskjellige himler i den åndelige verden, og de som er frelst ved troen kan komme opp til den Tredje Himmelen.

Det er det samme med Hades og helvete. Disse stedene tilhører også den åndelige verdenen og det er porter som fører til disse plassene også. Så når mennesker uten tro dør, vil de komme til Hades, som tilhører helvete, eller direkte til himmelen gjennom disse portene.

Den Åndelige og Fysiske Dimensjonen Eksistere Side Om Side

Edens Have, som tilhører den Andre Himmelen, ligger i den åndelige verdenen, men den er forskjellig fra den åndelige verdenen i den Tredje Himmelen. Det er ikke en fullstendig åndelig verden på grunn av at den kan eksistere side om side med den fysiske verdenen.

Med andre ord, Edens Have er et sted i midten mellom den fysiske verdenen og den spirituelle verdenen. Den første mannen Adam var en levende ånd, men han hadde fremdeles den fysiske kroppen som er laget av støvet. Så Adam og Eva var fruktbare og økte folketallet der, ved å føde barn akkurat som vi gjør det (Første Mosebok 3:16).

Selv etter at den første mannen Adam spiste ifra treet med kunnskapet om godt og ondt og ble drevet ut av denne verdenen, lever Hans barn, som fremdeles bor i Edens Have, fremdeles som levende ånder, og erfarer ikke døden. Edens Have er et veldig fredfylt sted hvor det ikke finnes død. Det er ledet av Guds makt og kontrollert under reglene og reglementene som Gud har satt opp. Selv om det ikke er noe forskjell på natt og dag, vil Adams avkom naturligvis vite når de kan være aktive, når de skal slappe av, og så videre.

Edens Have har også veldig like karakteristiske egenskaper med denne jorden. Den er fyllt med mange planter, dyr, og insekter. Den har også en endesløs og vakker natur. Men det finnes ikke noen høye fjell, bare lave åser. På disse åsene, er det noen bygninger som ligner huser, men folk bare hviler seg i disse bygningene, de bor ikke der.

Feriestedet til Adam og Hans Barn

Den første mannen Adam, levde i lang tid i Edens Have og var fruktbar og økte folketallet. Siden Adam og hans barn var levende ånder, kunne de komme ned til denne jorden fritt gjennom portene til den Andre Himmelen. På grunn av at Adam og hans barn besøkte denne jorden som deres feriested i lange perioder, må du forstå at menneskenes historie er veldig lang. Noen forvirrer denne historien med den seks tusen år gamle historien angående menneskenes oppbringing, og tror ikke på Bibelen.

Men hvis du veldig forsiktig ser på den mystiske fortidssivilisasjonen, vil du innse at Adam og hans barn vanligvis kom ned til denne jorden. Pyramidene og Giza Sfinks, Egypt, er for eksempel også fotspor fra Adam og hans barn som bodde i Edens Have. Slike fotspor, som er funnet over hele denne verdenen, hadde vært laget med mye mere sofistikert og avansert vitenskap og teknologi, noe som du ikke kan imitere med dagens moderne vitenskapelige kunnskap.

Pyramidene inneholder for eksempel utrolige matematiske kalkulasjoner, og geometriske og astronomiske kunnskaper som du bare kan finne og forstå med avanserte undersøkelser. De inneholder mange hemmeligheter som du bare kan begripe når du kjenner den nøyaktige konstellasjonen og universets syklus. Noen mennesker ser på disse mystiske fortidssivilisasjonene som fotspor av romvesener fra verdensrommet. Men med Bibelen, kan du løse alle disse sakene som til og med vitenskapen ikke forstår.

Fotsporene til Sivilisajonen i Eden

Adam i Edens Have hadde en uforståelig omfatning med kunnskap og dyktighet. Dette var resultatet av Gud som hadde lært Adam om den virkelige kunnskapen, og slik en kunnskap og forståelse samlet seg opp og ble utviklet med tiden. Så for Adam som kjente til alt om universet og beseiret over jorden, var det aldri vannskelig å bygge Pyramidene og Sfinksen. Siden Gud hadde lært opp Adam direkte, kjente den første mannen til saker og ting som du fremdeles ikke kjenner til eller kan forstå med den moderne vitenskapen.

Noen pyramider ble bygd med Adams dyktighet og kunnskap, men andre ble bygd av hans barn, og andre ble bygd av mennesker på denne jorden som prøvde å etterligne Adams pyramider lenge etterpå. Alle disse pyramidene har veldig forskjellige teknologiske forskjeller. Det er fordi bare Adam hadde autoriteten fra Gud om å overvinne alle skapelsene.

Adam levde i lang tid i Edens Have, og innimellom kom han ned til denne verdenen, men ble drevet ut av Edens Have etter at han ble syndig og ikke adlød. Men Gud stengte ikke porten som holder sammen jorden med Edens Have før lenge etterpå.

Derfor kunne Adams barn som fremdeles bodde i Edens Have, fremdeles komme fritt ned til jorden, og ettersom de kom oftere, begynte de å ta menneskenes døtre som deres koner (Første Mosebok 6:1-4).

Men så lukket Gud porten i himmelen som holdt jorden sammen med Edens Have. Men reisingen stoppet ikke fullstendig, men det ble strengt kontrollert i motsetning til før. Du må forstå at mesteparten av de mystiske og uløste fortidssivilisajonene er fotspor fra Adam og hans barn, som er igjen fra den tiden hvor de fritt kunne komme ned til denne jorden.

Historien om Menneskene og Dinosaurusene på Jorden

Hvorfor ble så dinosaurusene plutselig utdødd etter at de hadde levet på denne jorden? Dette er også en av de veldig viktige vitnene som forteller deg hvor gammel den menneskelige historien i virkeligheten er. Det er en hemmelighet som bare kan bli løst med Bibelen.

Gud hadde i virkeligheten plasert dinosauruser i Edens Have. De var snille, men de ble utført til denne jorden på grunn av at de falt i Satans felle i løpet av perioden hvor Adam fritt kunne reise fram og tilbake mellom denne jorden og Edens Have. Nå måtte dinosaurusene som ble tvunget til å bo på denne jorden hele tiden finne noe å spise. I motsetning til tiden hvor de bodde i Edens Have, hvor alt var rikelig, kunne denne jorden ikke produsere nok mat til å mate dinosauruser med store kropper. De spiste opp all frukten, plantene, og begynte så å spise opp dyr. Det var like før de ødelagte omgivelsene og næringskjeden. Til slutt avgjorde Gud at Han ikke lenger kunne beholde dinosaurusene på denne jorden, og ble kvitt dem med ilden ovenfra.

Idag diskuterer mange forskere om at dinosaurusene levde på denne jorden i lang tid. De sier at dinosaurusene levde i mere enn et hundre og seksti millioner år. Men ingen av påstandene forklarer med tilfredsstillelse hvordan så mange dinosauruser først oppsto så plutselig og ble borte like hurtig. Også, hvis slike store dinosauruser hadde vært i livet for så lenge, hva har de spist for å kunne leve?

Ifølge teorien med evolusjonen, før alle disse dinosaurusene oppsto, mange flere slags lavere levende skapninger måtte ha levd, men det er fremdeles ikke et eneste bevis på det. Generelt, for at noen typer eller dyreslag skal bli utryddet, vil dens antall minske over lang tid, og så forsvinne helt. Dinosaurusene på den annen side forsvant helt plutselig.

Forskere diskuterer og sier at dette var på grunn av en plutselig forandring i været, virus, radioaktiv stråling på grunn av en eksplosjon av en annen stjerne, eller en kollisjon av en stor meteoritt med jorden. Men hvis slik en drastisk forandring hadde vært katastrofal nok til å drepe alle dinosaurusene, alle de andre dyrene og plantene ville også blitt utryddet. Andre planter, fugler, eller pattedyr, er imidlertidig fremdeles i live til og med idag, så virkeligheten støtter ikke den evolusjonelle teorien.

Til og med før dinosaurusene oppsto på denne jorden, levde Adam og Eva i Edens Have, mens de noen ganger kom ned til jorden. Du må innse at jordens historie er veldig lang.

Du kan lære om flere detaljer fra "Forelesninger om Den Første Mosebok" som jeg preket om. Fra nå av vil jeg gjerne forklare om Edens Haves vakre natur.

Den Vakre Naturen i Edens Have

Du ligger komfortabelt ned på siden på en slette full av friske trær og blomster, mottar lyset som lett tildekker hele din kropp, og du ser opp til den blå himmelen hvor rene hvite skyer flyter og lager forskjellige slags former.

Et tjern skinner vakkert ned skråningen, og en lett vind som inneholder en søt duft av blomster går fort forbi deg. Du kan ha vidunderlige samtaler med de du elsker, og føle lykke. Enkelte ganger kan du legge deg ned på vide beiter eller en bunke med blomster og kan føle at den søte duften rører forsiktig blomstene. Du kan også ligge ned i skyggen av et tre, som bærer mange store, appetittlige frukter, og spise fruktene så mye du vil.

I tjernet og i havet er det mange slags fisker. Hvis du vil kan du dra til stranden i nærheten og nyte de friske bølgene eller hvite sanden som skinner med solskinnet. Eller hvis du vil kan du til og med svømme akkurat som fisken.

Nydelige dådyr, kaniner eller ekorn med vakre, skinnende øyne kommer til deg og gjør søte ting. På den store marken, leker mange dyr med hverandre helt fredfyllt.

Dette er Edens Have, hvor det er rikelig med fred og lykke. Mange mennesker i denne verden ville sikkert ønske å dra fra deres opptatte liv og i stedet ha en slik fred og stillhet bare en gang.

Et Rikt Liv i Edens Have

Menneskene i Edens Have kan spise og nyte seg selv så mye de vil, selv om de ikke arbeider med noe. Det er ikke noen som helst engstelse, bekymringer, eller uro, og den er bare full av glede, fornøyelse, og fred. På grunn av at alt er ledet av Guds regler og reglement, nyter menneskene der det evige liv selv om de ikke arbeider.

I Edens Have, som har like omgivelser som denne jorden,

eksisterer også de fleste karakteristiske egenskapene som vi har på denne jorden. Men på grunn av at de ikke blir forurenset eller forandret fra den tiden de først ble skapt, holder de deres klare og vakre natur i motsetning til deres motstykke på denne jorden.

Også, selv om menneskene i Edens Have vanligvis ikke har noen klær på seg, føler de ikke skam og er ikke utro på grunn av at de ikke har en syndig natur og har ingen ondskap i deres hjerter. Det er bare som når et nyfødt spedbarn leker fritt nakent, fullstendig ubekymret og ubevisst om hva andre tenker eller sier.

Omgivelsene i Edens Have passer for menneskene selv om de ikke har noen klær på seg, så de føler ikke noen som helst ubehageligheter ved å være naken. Hvor godt ville det ikke være, fordi det er ikke noe så ille som vonde insekter eller torner som skader huden!

Noen mennesker har klær på seg. De er ledere for en spesiell størrelse gruppe. Det er også reglement og regler i Edens Have. I en gruppe er det en leder, og medlemmene adlyder og følger ham. Disse lederne har klær på seg i motsetning til de andre, men de har klær på seg bare for å vise deres stilling, ikke for å dekke, beskytte, eller dekorere seg selv.

Den Første Mosebok 3:8 noterer en forandring i temperaturen i Edens Have: *"Og de hørte Gud Herren som vandret i haven, da dagen var blitt kjølig; og Adam og hans hustru skjulte seg for Gud Herrens åsyn mellom trærne i haven."* Du innser at mennesker har "kalde" følelser i Edens Have. Men det menes ikke at de må svette på en sveltrende varm dag eller skjelve ukontrollert på en kald dag akkurat som de gjorde på denne jorden.

Edens Have har alltid den mest komfortable temperaturen, fuktighet, og vind, slik at det ikke er noe ubehag på grunn av forandringer i været.

Edens Have har heller ikke hverken dag eller natt. Det er alltid omringet av lyset til Gud Faderen og du føler det alltid som om det er dagtid. Mennesker har tid til å hvile, og de ser forskjell på tiden til å bli aktiv og tiden hvor de skal hvile, ved forandring av temperaturen.

Denne forandring i temperaturen, betyr ikke dermed sagt at det vil øke eller minske så drastisk at menneskene vil føle varmen eller kulden helt plutselig. Men de vil føle seg komfortabel ved å hvile i en behagelig bris.

2. Menneskene Blir Oppdratt på Jorden

Edens Have er så vid og stor at du kan kanskje ikke forestille deg dens størrelse. Den er rundt en billion ganger så stor som denne verdenen. Den Første Himmelen hvor mennesker bare kan leve til de er sytti, eller åtti år virker evig, ved å strekke seg fra solsystem til lenger unna enn galaksene. Hvor mye større ville så Edens Have være, hvor antall mennesker fordobler seg uten å dø, enn den Første Himmelen?

Samtidig, samme hvor vakkert, rikt, og stort Edens Have er, kan den aldri bli sammenlignet med noe sted i himmelen. Selv Paradiset, som er Ventestedet i himmelen, er et mye vakkrere og lykkeligere sted. Det evige liv i Edens Have er veldig forskjellig fra det evige liv i himmelen.

Derfor, gjennom en forskning av Guds plan og et visst antall skritt som har blitt tatt ved at Adam måtte flytte ifra Edens Have og nå bli oppdratt på denne jorden, vil du se hvordan Edens Have er forskjellig fra Ventestedet i himmelen.

Treet Om Kunnskapen Om Godt og Ondt i Edens Have

Den første mannen Adam kunne spise alt hva han ville, beseire alle skapelsene, og leve evig i Edens Have. Men hvis du leser den Første Mosebok 2:16-17, befaler Gud til mannen, *"Du må fritt ete av alle trær i haven; men treet til kunnskap om godt og ondt, det må du ikke ete av; for på den dag du eter av det, skal du visselig dø."* Selv om Gud hadde gitt Adam en veldig høy makt til å beseire alle skapningene og den frivilligheten, nektet Han Adam strengt mot å spise fra treet om kunnskapen om godt og ondt. I Edens Have, er det mange slags fargerike, vakre, og deilige frukter som ikke kan bli sammenlignet med de som er på denne jorden. Gud ga all frukten under Adams kontroll, slik at han kunne spise alt hva han ville.

Frukten fra treet med kunnskapen om godt og ondt, var imidlertid et unntak. Gjennom dette, bør du innse at selv om Gud allerede har visst at Adam ville spise ifra treet med kunnskapen om godt og ondt, etterlot Han ikke bare Adam til å begå synder. Mange mennesker misforsto om at, hvis Gud hadde hatt det med hensikt å prøve Adam, ved å plante treet med kunnskapen om godt og ondt, og om vitenskapen om at Adam ville gjøre det, ville Han ikke ha gitt ham slik en strikt ordre. Så på grunn av dette ser du at Gud ikke plantet treet med kunnskapen om godt og ondt for å la Adam spise av det eller for å teste ham.

Akkurat som det var skrevet i Jakobs brev 1:13, *"Ingen si når han fristes: 'Jeg fristes av Gud.' For Gud fristes ikke av det onde, og selv frister Han ingen."* Gud selv tester ingen.

Så hvorfor plaserte så Gud treet om kunnskapen om godt og ondt i Edens Have?

Hvis du kan føle deg lykkelig, glad, eller fornøyd, er det på grunn av at du har erfart de motsatte følelsene av sorg, lidelse, og stress. Samtidig, hvis du vet at godheten, sannheten, og lyset er godt, er det fordi du har erfart det og vet at ondskapen, løgnene, og mørket er ille.

Hvis du ikke har erfart denne virkeligheten, kan du ikke føle i ditt hjerte hvor god kjærligheten, godheten, og lykken er selv om du kjenner sannheten etter at du har hørt om den.

For eksempel, kunne en person som aldri har vært syk eller aldri sett noen syke, kjenne lidelsen av smerter? Denne personen ville ikke engang vite at det er forholdsvis godt å være frisk. Hvis en person aldri har vært i nød, og ikke kjenner noen andre i nød, hvor mye ville han vite om fattigdom? En slik person ville ikke kunne føle at det er "godt" å være rik, samme hvor rik han vil være. På samme måte, hvis en ikke har erfart fattigdom, kunne han ikke virkelig ha et takknemlig sinn dypt inne i seg.

Hvis en ikke kjenner til hvor godt han har det, kjenner han heller ikke til verdien av den lykken som han nyter. Men hvis en har erfart smertene fra en sykdom og sorgen ved fattigdom, kan han klare å være takknemlig i hans hjerte for den lykken som kommer ifra å bli frisk og rik. Dette er grunnen til at Gud måtte plante treet med kunnskapen om godt og ondt.

Derfor erfarte Adam og Eva, som ble drevet ut fra Edens

Have, denne relativiteten og innså hvor mye kjærlighet og velsignelse Gud hadde gitt dem. Bare da kunne de bli Guds sanne barn som kjente til verdien av den virkelige lykken og livet.

Men Gud lot ikke Adam gå den veien med vilje. Adam valgte helt av seg selv å ikke adlyde Guds befaling. Med Hans egen kjærlighet og rettferdighet, hadde Gud planlagt den menneskelige oppbringingen.

Guds Forsyn om den Menneskelige Oppbringingen

Når menneskene i Edens Have ble kastet ut derfra og begynte å bli oppdratt på denne jorden, fikk de erfare alle slags lidelser slik som tårer, sorg, smerter, lidelser, og død. Men det førte til at de fikk føle om den virkelige lykke og om å nyte det evige liv i himmelen, til deres store takknemlighet.

Å gjøre oss til Hans virkelige barn gjennom denne oppdragelsen er bare et eksempel på Guds vidunderlige kjærlighet og plan. Foreldre ville ikke tenke at det var bortkastet tid å oppdra, og noen ganger straffe barna deres, hvis det ville hjelpe deres barn å gjøre dem vellykket. Hvis barna også tror på æren som deres barn vil motta i fremtiden, vil de være tålmodige og overvinne alle slags vanskelige situasjoner og hindringer.

Hvis du også tenker på den virkelige lykke som du vil få i himmelen, å være oppdratt på denne jorden, er ikke noe vanskelig eller smertefullt. Istedenfor ville du være takknemlig for å kunne leve ifølge Guds ord, fordi du har håp om den æren som du senere vil motta.

Så hvem vil så Gud betrakte mere kjærlig – de som er virkelig takknemlige til Gud etter at de har erfart mange lidelser på denne jorden, eller menneskene i Edens Have som ikke virkelig setter pris på det de har, selv om de lever i slik en vakker og overflødig omgivelse?

Gud oppdro Adam, som ble drevet ut fra Edens Have, og oppdro hans etterkommere på denne jorden som Hans egne barn. Når denne oppdragelsen er over og husene er klare i himmelen, vil Herren komme tilbake. Hvis du bor i himmelen, vil du ha en evig lykke, fordi til og med himmelens laveste nivå ikke kan bli sammenlignet med skjønnheten til Edens Have.

Derfor burde du innse Guds forsyn i den menneskelige oppdragelse og streve etter å bli Hans sanne barn som handler ifølge Hans Ord.

3. Ventestedet i Himmelen

Adams etterkommere, som ikke adlød Gud, må dø en gang, og etter det må de stå fjes til fjes med den Store Dommen (Hebreerne 9:27). Ennå er den menneskelige ånden udødelig, så de må dra til enten himmelen eller helvete.

Men de går imidlertid ikke direkte til himmelen eller helvete, men oppholder seg i himmelens eller helvetes Ventested. Så hva slags sted er Ventestedet for himmelen hvor Guds barn oppholder seg?

Ens Ånd Etterlater Til Slutt Hans Kropp

Når en person dør, forlater ånden kroppen. Etter døden vil alle de som ikke kjenner til dette bli veldig overrasket når han eller henne ser at den samme personen ligger ned. Selv om han tror, hvor rart vil det ikke bli rett etter at hans ånd forlater hans egen kropp?

Hvis du går til den fire dimensjonelle verdenen fra den tre dimensjonelle verdenen som du nå bor i, er alt veldig forskjellig. Din kropp føles veldig lett og du føler det som om du kan fly. Men du kan fremdeles ikke ha ubegrenset frihet selv etter at din ånd kommer ut av din kropp.

Akkurat som små fugler ikke kan fly med en gang selv om de er født med vinger, trenger du fremdeles litt tid til å venne deg til den åndelige verdenen og lære om de grunnleggende tingene.

Så de som dør med Jesus Kristus tro blir besøkt av to engler og går til den Øverste Graven. Der lærer de om livet i himmelen fra englene og profetene.

Hvis du leser Bibelen, er du klar over at det er to slags graver. Forfedrene Jakob og Job sier at de vil gå til graven etter at de dør (Første Mosebok 37:35; Job 7:9). Korah og gruppen hans som motsatte seg Moses, en av Guds menn, falt levende inn i graven (4. Mosebok 16:33).

Lukas 16 beskriver en rik mann og en tigger ved navnet Lazarus som går til graven etter at de er døde, og du innser at de ikke er i den samme "graven." Den rike mannen lider så mye i ilden mens Lasarus hviler langt unna like ved siden av Abraham.

Likeledes er det en grav for de som er frelst mens det er en annen grav for de som ikke er frelst. Graven som Korah og hans menn, og den rike mannen til slutt kom til er Hades som tilhører helvete, men graven som Lazarus kom til er den øverste graven som tilhører himmelen.

3-Dagers Opphold i Den Øverste Graven

I løpet av det Gamle Testamentets tid, ventet de som ble frelst i den Øverste Graven. Siden Abraham, troens forfader, hadde hatt ansvaret for den Øverste Graven, var tiggeren Lazarus ved Abrahams side i Lukas 16. Men etter at Herren sto opp igjen og dro opp til himmelen, går ikke lenger de som er frelst opp til den Øverste Graven, til Abrahams side. De oppholder seg i den Øverste Graven i tre dager, og går så til et eller annet sted i Paradiset. Det vil si at de vil være med Herren i himmelens Ventested.

Akkurat som Jesus sier i Johannes' evangelium 14:2, *"I min Faders hus er det mange rom; var det ikke så, da hadde jeg sagt dere det; for jeg går bort for å berede deres steder,"* etter Hans oppståelse og oppstigning til himmelrike har vår Herre gjort istand et sted for hver av de troende. Derfor, siden Herren begynte å gjøre istand steder for Guds barn, de som er frelst har oppholdt seg i himmelens Venterom, et eller annet sted i Paradiset.

Noen undrer på hvordan alle de menneskene som har blitt frelst kan leve i Paradiset, men du trenger ikke å engste deg. Til og med solsystem hvor denne jorden hører til er bare en prikk i sammenligning til galaksen. Så hvor stor er så galaksen? I sammenligning med hele verden, er galaksen bare en prikk i sammenligning. Så hvor stor er så universet?

Ytterligere er dette universet et ut av flere, så det er umulig å kunne fatte størrelsen på hele universet. Hvis denne fysiske verdenen er så forferdelig stor, hvor mye større ville ikke den åndelige være?

Ventestedet i Himmelen

Så hva slags sted er himmelens Ventested hvor de som er frelst oppholder seg etter at de får tre dager til å tilpasse seg i den Øverste Graven?

Når folk ser et slikt vakkert landskapsbilde, sukker de, "Dette er jordens Paradis," eller "Det er akkurat som Edens Have!" Men Edens Have, kan ikke bli sammenlignet med noen som helst skjønnhet på denne jorden. Mennesker i Edens Have lever slikt et vidunderlig, drømmeaktige liv, fulle av lykke, fred, og glede. Men det ser bare godt ut for menneskene på denne jorden. Så fort du kommer til himmelen vil du avvise denne oppfatningen med det samme.

Akkurat som Edens Have ikke kan bli sammenlignet med denne jorden, kan ikke himmelen bli sammenlignet med Edens Have. Det er en prinsipiell forskjell mellom lykken i Edens Have som tilhører det Andre Himmelrike, og lykken på Paradisets Ventested i det Tredje Himmelrike. Dette er på grunn av at menneskene i Edens Have ikke virkelig er Guds virkelige barn som har hatt deres hjerter kultivert.

La meg gi deg et eksempel for å hjelpe deg med å forstå dette bedre. Før det var elektrisitet, brukte de koreanske forfedrene parafinlamper. Disse lampene var så mørke sammenlignet med de elektriske lysene som vi har idag, men det var veldig fint uten noe som helst lys på natten. Etter at folk utviklet seg og lærte å bruke elektrisitet, fikk vi dermed elektriske lys. For de som hadde vært vant til bare lys ifra parafin lamper, var elektriske lys så utrolige og de ble hypnotisert av dens klarhet.

Hvis du sier at denne jorden er fullstendig mørk uten elektrisitet, kan du si at de i Edens Have har parafin lamper, og i himmelen har de elektrisk lys. Akkurat som lys ifra parafinlamper og elektriske lamper er forskjellig selv om de begge er lys, er himmelens Ventested også fullstendig forskjellig fra Edens Have.

Ventestedet som Ligger på Ytterkanten av Paradiset

Himmelens Ventestedet som ligger på ytterkantenkanten av Paradiset. Paradiset er for de som har minst tro, og som også er lengst ifra Guds trone. Det er et veldig stort sted.

De som sitter på ytterkanten av Paradiset og venter, lærer om den åndelige kunnskapen ifra profetene. De lærer om den treenige Gud, himmelrike, reglene til den åndelige verdenen, osv. Omfanget av en slik kunnskap er ubegrenset, så det er ikke noen begrensning til hvor mye kunnskap en kan få. Men lære om åndelige ting er aldri så kjedelig eller vannskelig som andre studier om denne jorden. Jo mere du lærer, jo mere overrasket og opplyst vil du bli, så det er bare mere inntagende.

Til og med på denne verdenen kan de som har rene og milde hjerter kommunisere med Gud og oppnå åndelig kunnskap. Noen av disse menneskene ser den åndelige verden på grunn av at deres åndelige øyne er åpne. Noen mennesker kan også forstå de åndelige ting ved den Hellige Ånds inspirasjon. De kan lære om troen eller reglene ved å motta svar på deres bønner, slik at de til og med i denne fysiske verdenen, kan erfare Guds makt som tilhører ånden.

Hvis du kan lære om de åndelige tingene og erfare disse tingene i denne fysiske verdenen, vil du bare bli mere energisk og lykkelig. Så hvor gladere og lykkeligere ville du ikke være hvis du kunne lære grunndig om de åndelige tingene på himmelens Ventested!

Å Høre om Denne Verdens Nyheter

Hva slags liv nyter folk i himmelens Ventested? De erfarer en sann fred og venter om å dra til deres evige bosted i himmelen. De savner ikke noe, og nyter lykke og fornøyelse. De sløser ikke bare bort tiden, men fortsetter å lære mange ting ifra englene og profetene.

Blant seg selv, er det utpekte ledere og de lever i en viss orden. De er nektet adgang til denne jorden, så de er alltid nysgjerrige om hva som skjer her. De er ikke nysgjerrige vedrørende verdslige ting, men de er nysgjerrige angående ting som angår Guds kongerike, som for eksempel 'Hvordan står det til med kirken som jeg tjene? Hvor mye av dens gitte gjerninger har kirken fullført? Hvordan går det med verdens misjonen?'

Så de er derfor veldig glade når de hører nyhetene om denne verdenen gjennom englene som kan komme ned til denne verdenen, eller fra profetene i det nye Jerusalem.

Gud åpenbarte til meg en gang om noen av medlemmene i kirken min som for øyeblikket oppholder seg i himmelens Ventested. De ber på forskjellige steder og venter på å høre om nyheter om kirken min. De er spesielt interesert i oppgaven som har blitt gitt til min kirke, som er verdensmisjonen og byggingen av det Store Sanktuarium. De er veldig lykkelige når de hører om de gode nyhetene. Så når de hører om nyhetene vedrørende Guds lovprising gjennom vår utenlandske kampanje, blir de entusiastiske og tilfredse på grunn av at de har en festival.

Likeledes tilbringer menneskene en lykkelig og herlig tid i himmelens Ventested, når de fra tid til annet hørte om nyheter fra jorden.

Strengt Reglement på Himmelens Ventested

Mennesker med forskjellige nivåer av tro, som vil komme inn til ulike steder innenfor himmelen etter Dommedagen, oppholder seg i himmelens Ventested, men rekkefølgen er fulgt helt nøyaktig. Mennesker som har liten tro vil vise deres respekt til de med større tro ved å bukke for dem. Åndelig rekkefølge er ikke avgjort på grunn av denne verdenens posisjon, men ved deres helliggjørelse og trofasthet i deres Guds gitte forpliktelser.

På denne måten, er ordrene holdt veldig strengt på grunn av at den rettferdige Gud styrer himmelrike. Siden orden er avgjort basert på lysets klarhet, godhetens omfang, og omfatningen av kjærligheten for hver troende, kan ingen klage. I himmelen, adlyder alle den åndelige orden på grunn av at det ikke er noen ondskap i sinnet til de som har blitt frelst.

Men denne orden og andre forskjellige slags ærer er ikke ensbetydende med at de tar med seg tvungen lydighet. Den kommer bare fra kjærligheten og respekten fra sanne og ekte hjerter. I himmelens Ventested, respekterer de derfor alle de som ligger foran dem i hjertet og viser dem deres respekt ved å bøye hodet for dem, fordi de føler den åndelige avvikelse helt naturlig.

4. Om Mennesker Som Ikke Blir Værende på Ventestedet

Alle menneskene som vil inn til respektable steder i himmelen etter Dommedagen, oppholder seg for tiden på ytterkanten av Paradiset, himmelens Ventested. Det er for øvrig noen unntak. De som skal gå til det nye Jerusalem, det vakreste stedet i himmelen, vil gå rett inn til det nye Jerusalem og hjelpe til med Guds arbeide. Slike mennesker som har Guds hjerte som er like klart og vakkert som krystall, lever i Guds spesielle kjærlighet og omsorg.

De Vil Hjelpe til med Guds Arbeide i Det Nye Jerusalem

Hvor ville våre forfedre med tro, hellighet og trofasthet i alle Guds hus, akkurat som Elias, Enok, Abraham, Moses, og apostelen Paulus, oppholde seg nå? Oppholder de seg på ytterkanten av Paradiset, som er i himmelens Ventested? Nei. Fordi disse menneskene er fullstendig renset og ligner på Guds hjerte fullt ut, befinner de seg allerede i det nye Jerusalem. Men siden Dommedagen ikke har skjedd ennå, kan de ikke gå inn til deres såkalte respektive, evige bosteder.

Så hvor i det nye Jersualem oppholder de seg? I det nye Jerusalem, som var femten hundre mil i vidden, lengden, og høyden, er det et par åndelige steder med ulike dimensjoner. Det er et sted for Guds trone, noen steder hvor de bygger huser, og andre steder hvor våre forfedre med troen som allerede har steget inn i det nye Jerusalem arbeider med Herren.

Våre forfedre med tro som allerede oppholdt seg i det nye

Jerusalem lengter etter dagen hvor de vil komme til deres evige bosteder, mens de hjelper til med Guds arbeide med Herrens forberedelse av våre plasser. De lengter veldig mye etter å komme inn til deres evige bosteder fordi de kan først komme dit etter at Jesus Kristus Andre advent i luften, den Sju-år lange Bryllups Festmiddagen, og millennium på denne jorden.

Apostelen Paulus, som var full av håp om himmelen, tilsto følgende i Paulus' 2. brev til Timoteus 4:7-8.

"Jeg har stridt den gode strid, fullendt løpet, bevart troen. Så ligger da rettferdighetens krans rede for meg, den som Herren, den rettferdige dommer, skal gi meg på hun dag, dog ikke meg alene, men alle som har elsket Hans åpenbarelse."

De som slåss den gode slåsskampen og ber om Herrens tilbakekomst har et klart håp om plassen og belønningene i himmelen. Denne slags tro og håp kan øke hvis du kjenner mere til det åndelige riket, og det er derfor jeg forklarer om himmelen i detaljer.

Edens Have i den Andre Himmelen eller Ventestedet i den Tredje Himmelen er fremdeles vakrere enn denne verdenen, men til og med disse stedene kan ikke bli sammenlignet med æren og prakten av det nye Jerusalem som huser Guds trone.

Derfor ber jeg i Herrens navn at du ikke bare vil springe mot det nye Jerusalem med samme slags håp og tro som apostelen Paulus, men også føre mange sjeler mot frelsing ved å spre evangeliet selv om det krever ditt liv.

3. Kapittel

Den Syv-år lange Bryllups Festmiddagen

1. Jesus Tilbakekomst og den Syv-år Lange Bryllups Festmiddagen
2. Millenniumet
3. Himmelrike Belønnet etter Dommedagen

*Salig og hellig er den
som har del i den første oppstandelse;
over dem har den annen død ikke makt,
men de skal være Guds og Kristi prester
og regjerer med Ham i tusen år.*

- Johannes' åpenbaring 20:6 -

Før du mottar din belønning og begynner på det evige liv i himmelen, går du gjennom Dommedagen til den Hvite Tronen. Før Dommedagen, vil Herrens Andre Advent komme, den Sju-år lange Bryllups Festmiddagen, Herens tilbakekomst til jorden, og Millennium.

Det er alt dette som Gud har forberedt for å trøste Hans elskede barn som holdt troen deres på denne jorden, og for å tillate dem å ha forsmak på himmelen.

Derfor, de som tror på Herrens Andre Advent og håper på å møte Ham, som er vår brudgom, vil se frem til den Sju-år lange Bryllups Festmiddagen og Millennium. Guds ord som det er skrevet om i Bibelen er sant og alle forutsigelsene kommer til syne idag.

Du burde være en smart troende og prøve ditt beste for å forberede deg selv til Hans brud, ved å innse at du ikke er våken og at du ikke lever ifølge Guds ord, Herrens dag vil komme akkurat som en tyv og du vil falle inn i døden.

La oss se i detaljer på de vidunderlige tingene som Guds barn vil erfare før de går inn til himmelen som er like klar og vakker som krystall.

1. Jesus Tilbakekomst og den Syv-år Lange Bryllups Festmiddagen

Apostelen Paulus skriver i Paulus brev til Romerne 10:9, *"For dersom du med din munn bekjenner at Jesus er Herre, og i ditt hjerte tror at Gud oppvakte ham fra de døde, da skal du bli frelst." For å kunne motta frelse, må du ikke bare tilstå at Jesus er din Frelser, men også tro på det i ditt hjerte at Han døde og reiste seg opp igjen fra de døde.* Hvis du ikke tror på Jesus oppståelse, kan du ikke tro på din egen såkalte oppståelse ved Herrens Andre nedkomst. Du vil ikke engang kunne tro på selve Herrens tilbakekomst. Hvis du ikke kan tro på himmelens og helvetes tilværelse, vil du ikke oppnå styrke til å leve ifølge Guds ord, og du vil ikke oppnå frelse.

Høydepunktet til det Kristelige Liv

Det står i Paulus' 1. brev til Korintierne 15:19, *"Har vi bare i dette liv satt vårt håp til Kristus, da er vi de ynkverdigste av alle mennesker."* Guds barn, i motsetning til de ikketroende rundt om i verden, kommer til kirken, møter opp til gudstjenestene, og tjener Herren på mange måter hver eneste søndag. For å kunne bo ifølge Guds ord, fastet de ofte, og ba alvorlig i Guds sanktuarium tidlig på morgenen eller sent på kvelden selv om de noen ganger trengte å hvile.

De gjør det heller ikke for deres egen skyld, men tjener andre og ofrer seg selv for Guds kongerike. Det er derfor en burde synes mest synd på de troende, hvis det ikke hadde vært noe himmelrike. Men det er helt sikkert at Herren vil komme tilbake og ta deg med til himmelen, og Han forbereder et vakkert sted for deg. Han vil belønne deg i forhold til hva du har sådd og gjort i denne verdenen.

Jesus sier i Matteus 16:27, *"For menneskesønnen skal*

komme i sin Faders herlighet med sine engler, og da skal han betale enhver etter hans gjerning." Å "belønne ifølge hans gjerninger" menes ikke her simpelthen å komme til himmelen eller helvete. Selv blant de troende som kommer til himmelen, belønningen og æren som er gitt til dem er forskjellig avhengig av hvordan de levde i denne verdenen.

Noen avskyr og frykter at Herren snart skal komme tilbake. Men hvis du virkelig elsker Herrren og har håp om himmelrike, er det naturlig at du lengter etter og venter på å møte Herren jo før jo bedre. Hvis du bare sier med din munn, "Herre, jeg elsker deg," men ikke liker og til og med frykter å høre om at Herren snart kommer tilbake, kan du ikke si at du virkelig elsker Herren.

Derfor skulle du motta Herren som din brudgom med glede ved å se frem til Hans Andre Tilbakekomst i ditt hjerte og fremstille deg selv som en brud.

Herrens Andre Advent Oppe I Luften

Det står skrevet i Paulus 1. brev til Tessalonikerne 4:16-17, *"For Herren selv skal komme ned fra himmelen med et bydende rop, med overengels røst og med Guds basun, og de døde i Kristus skal først oppstå. Deretter skal vi som lever, som blir tilbake, sammen med dem rykkes i skyer opp i luften for å møte Herren, og så skal vi alltid være med Herren."*

Når Herren kommer tilbake i luften, hvert eneste Guds barn vil bli til en åndelig kropp og bli fanget opp i luften for å motta Herren. Det er enkelte mennesker som har blitt frelst og som døde. Deres kropper er begravet, men deres ånder venter i Paradiset. Vi refererer til slike mennesker at de "sover i Herren."

Deres ånder vil komme sammen med deres åndelige kropper som ble transformert fra deres gamle, begravde kropper. De vil bli fulgt av de som vil motta Herren og som ikke har sett døden, forandre seg til åndelige kropper, og bli fanget opp i luften.

Gud Gir en Bryllups Festmiddag oppe i Luften

Når Herren kommer tilbake til luften, vil alle som har blitt frelst helt fra tidens opprinnelse motta Herren som en brudegom. På denne tiden, begynner Gud den Sju-år lange Bryllups Festmiddagen for å trøste Hans barn som har blitt frelst gjennom troen. De vil med sikkerhet motta belønningene i himmelen for deres gjerninger senere, men for nå, gir Gud fremdeles denne festmiddagen i luften for å trøste alle Sine Barn.

For eksempel, hvis en general vender tilbake triumferende, hva vil så kongen gjøre? Han vil gi generalen mange slags belønninger for fremstående tjenester. Kongen vil kanskje gi ham et hus, jord, monetær belønning, og også en fest for å kompensere for hans tjenester.

På samme måte, gir Gud Hans barn et sted å oppholde seg og belønninger i himmelen dagen etter den Store Dommedagen, men før Han gjør det vil Han også holde en Bryllupsmiddag for å la Hans barn more seg og for å dele deres glede. Selv om alt hva de har gjort for Guds kongerike i denne verdenen er veldig forskjellig, gir Han festmiddagen selv med bare det faktum at de har blitt frelst.

Så hvor er "luften" hvor den Sju-år lange Bryllupsmiddagen

vil bli holdt? "Luften" her refererer ikke til den synlige himmelen som du kan se med dine øyne. Hvis denne "luften" bare var himmelen som du ser med dine øyne, alle de som er frelst må ha festmiddagen flytende i himmelen. Det vil være veldig mange mennesker som blir frelst siden tidens begynnelse, og de kunne ikke alle oppholde seg på jordens himmel.

For øvrig ville festmiddagen vært planlagt og forberedt ganske godt i detaljer på grunn av at Gud selv vil anskaffe det for å støtte Hans barn. Det er et sted som Gud har gjort istand i lang tid. Dette stedet er "luften" hvor Gud forberedte til den Sju-år lange Bryllupsmiddagen, og dette stedet er i den Andre Himmelen.

"Luften" Tilhører det Andre Himmelrike

Paulus brev til Efeserne 2:2 prater om tiden *"som dere fordum vandret i etter denne verdens løp, ettr høvdingen over luften makter, den ånd som nå er virksom i vantroens barn."* Så "luften" er også et sted hvor den onde ånden har fullmakt.

Men plassen hvor den Sju-år lange Bryllupsmiddagen vil bli holdt, og plassen hvor den onde ånden eksisterer er ikke den samme. Grunnen til at det samme uttrykket "luft" blir brukt, er på grunn av at de begge tilhører den Andre Himmelen. Men selv den Andre Himmelen er ikke bare en enkel plass, men er delt opp i flere områder. Så plassen hvor den Sju-år lange Bryllupsmiddagen vil bli holdt, og plassen hvor den onde ånden eksisterer er forskjellig.

Gud lagde et nytt åndelig rike som ble kalt det Andre Himmelrike ved å ta en del av hele det åndelige rike. Så delte

Han det opp i to områder. Den ene er Eden, som er området med lyset som tilhører Gud, og det andre området er mørket som Gud har gitt til de onde åndene.

Gud skapte Edens Have, hvor Adam ville bli til den menneskelige oppdragelsen begynte, på østsiden av Eden. Gud tok Adam og satte ham inn i denne Haven. Gud har også gitt mørkets område til de onde åndene og tillatt dem å oppholde seg der. Dette mørke området og Eden er veldig strengt oppdelt.

Stedet hvor den Sju-år lange Bryllupsmiddagen ble holdt

Så hvor vil den Sju-år lange Bryllupsmiddagen bli holdt? Edens Have er bare en del av Eden, og det er mange andre steder i Eden. I en av de stedene har Gud sørget for en plass til den Sju-år lange Bryllupsmiddagen.

Stedet hvor den Sju-år lange Bryllupsmiddagen vil bli holdt er mye vakrere enn Edens Have. Det er mangfoldige vakre blomster og trær. Lys i mange farver skinner klart, og en ubeskrivelig vakker og ren natur omringer stedet.

Den er også så endeløs, på grunn av alle de som har blitt frelst siden skapelsens tid vil ha festmiddagen sammen. Det er et veldig stort slott her, og dette er stort nok til alle de som er inviterte til festmiddagen. Festmiddagen vil bli holdt i dette slottet, og det vil være utrolige lykkelige stunder. Nå vil jeg gjerne invitere deg til slottet for den Sju-år lange Bryllupsmiddagen. Jeg håper at du kan nyte lykken med å være Herrens brud, som er festmiddagens æresgjest.

Å Møte Herren på et Lyst og Vakkert Sted

Når du ankommer festmiddagens sal, vil du finne et slikt strålende rom som er fylt med sterkere lys en du noen gang har sett. Du vil føle det som om din kropp er lettere enn fjær. Når du lander mykt på det grønne gresset, kan du nå begynne å se de omgivelsene som ikke først var synlige på grunn av de forferdelige sterke lysene. Du ser en himmel og et vann så klart og rent at det kan blende dine øyne. Dette tjernet skinner akkurat som juveler som utstråler med deres vakre farver når vannet kruser seg.

Alle fire sidene er fulle av blomster, og grønne skoger omringer hele området. Blomster danser frem og tilbake akkurat som om de vinket til deg og du kan kjenne lukten av slik en fyldig, vakker og søt lukt som du aldri før har kjent. Ganske snart kommer fugler i mange farver og mottar deg med deres synging. På tjernet, som er så klart at du kan se ting under overflaten, stikker forbløffende vakre fisker ut hodene deres og ønsker deg velkommen.

Til og med gresset som du står på er like mykt som bomull. Vinden som får dine klær til å flagre svakt svøper deg lett inn. På det tidspunktet kommer et sterkt lys inn til dine øyne og du ser en person som står i midten av det lyset.

Herren Klemmer Deg, Og Sier, "Min Brud, Jeg Elsker deg."

Med et svakt smil på Hans ansikt, roper Han til deg med åpne armer for at du skal komme mot Ham. Når du går opp til Ham, blir Hans ansikt klart og synlig. Du ser Hans fjes for første gang, men du vet veldig godt hvem Han er. Han er Herren Jesus, din brudgom, som du elsker og som du har lengtet etter hele denne tiden. På dette tidspunktet begynner tårer å renne nedover dine kinn. Du kan ikke stoppe med å gråte på grunn av at du husker tiden hvor du ble oppdratt på denne jorden.

Du står nå ansikt til ansikt med Herren, hvor gjennom ham du kan seire over alt i denne verden, selv i de vanskeligste situasjonene og når du møter mange forfølgelser og prøver. Herren kommer til deg, omfavner deg i Hans favn, og forteller deg, "Min brud, jeg har ventet på denne dagen. Jeg elsker deg."

Når du hører dette vil flere tårer renne nedover. Da vil Herren forsiktig tørke dine tårer og holde deg tettere. Når du ser inn i Hans øyne, kan du føle Hans hjerte. "Jeg vet alt om deg. Jeg kjenner alle dine tårer og smerter. Det vil bare bli glede og lykke."

For hvor lenge har du lengtet etter dette øyeblikket? Når du er i Hans armer, er du ytterst fredelig og glad, og overflod omringer hele din kropp.

Nå kan du høre en myk, dyp, og vakker lovprisende lyd. Da holder Herren din hånd og fører deg til stedet hvor lovprisningen kommer fra.

Bryllupsmiddagens Sal Er Full Av Farverike Lys

Et sekund senere, ser du et prektig, skinnende slott som er virkelig storslagent og vakkert. Når du står foran porten til slottet, åpnes det forsiktig og de sterke lysene fra slottet kommer ut. Når du går inn i slottet med Herren som om du ble dratt inn av lyset, er det en veldig stor sal som du ikke kan se den andre enden av. Salen er dekket med vakre ornamenter og gjenstander, og er full av farver og sterke lys.

Lyden av lovprisningen har nå blitt klarere, og det fortsetter svakt rundt hele salen. Til slutt meddeler Herren om begynnelsen av Bryllupsmiddagen med en rungende stemme. Den Sju-år lange Bryllupsmiddagen begynner, og det føles som om begivenheten finner sted i din drøm.

Er du lykkelig for denne begivenheten? Alle som er ved denne festmiddagen kan selvfølgelig ikke være med Herren på denne måten. Bare de som har egenskapene kan følge Ham slik og bli omfavnet av Ham.

Derfor burde du forberede deg selv som en brud og delta i den teologiske natur. Men selv om alle menneskene ikke kan holde Herrens hånd, vil de føle den samme lykke og rikdom.

Å Nyte Lykkelige Øyeblikk med Sang og Dans

Når Bryllupsmiddagen begynner, kan du synge og danse med Herren, og feire navnet til Gud Faderen. Du danser med Herren, prater om tidene på denne jorden, eller om himmelen hvor du skal bo.

Du prater også om kjærligheten til Gud Faderen og lovpriser Ham. Du kan ha fantastiske samtaler med de menneskene som du har villet være med i lang tid.

Idet du nyter frukten som smelter i din munn, og drikker Livets Vann som renner fra Faderens Trone, fortsetter festmiddagen jevnt. Men du må ikke oppholde deg i slottet i alle sju årene. Fra tid til annen, kan du gå ut at slottet og nyte gledelige stunder.

Hva er så de gledelige stundene og begivenhetene som venter på deg utenfor slottet? Du kan ha tid til å nyte den vakre naturen og bli venner med skogene, trærne, blomstene, og fuglene. Du kan spasere med dine kjære venner på veiene som er dekorert med vakre blomster, prate med dem, eller noen ganger prise Herren med sang og dans. Det er også mange ting du kan nyte på store åpne steder. Mennesker kan for eksempel kjøre båt på vannet med deres elskede, eller med selve Herren. Du kan svømme, eller nyte mange slags underholdninger og leker. Mange ting som gir deg en ufattelig glede og fornøyelse er anskaffet av Guds detaljerte omsorg og kjærlighet.

Under den sju år lange Bryllupsmiddagen blir aldri noen lys slukket. Selvfølgelig er Eden et sted med lys og det er heller ikke noe natt der. I Eden, behøver du ikke å sove og hvile som du trenger på jorden. Samme hvor lenge du nyter alt, vil du aldri bli trett, men istedenfor vil du bli gladere og lykkeligere.

Det er derfor du ikke føler at tiden går, og de sju årene går forbi like fort som sju dager, eller til og med sju timer. Selv om det er dine foreldre, barn, eller søsken som ikke har blitt løftet opp og som lider av den Store Prøvelsen, går tiden så fort med gleden og lykken at du ikke engang vil tenke på dem.

Å Gi Mere Takknemlighet Ved å Bli Frelst

Menneskene i Edens Have og Bryllupsmiddagens gjester kan se hverandre, men de kan ikke komme og gå som de vil. Den onde ånden kan også se Bryllupsmiddagen og du kan se dem også. De onde menneskene kan ikke engang tenke om å nærme seg festmiddagens sted, men du kan fremdeles se dem. Ved å se festmiddagen og lykken til gjestene, vil den onde ånden lide store smerter. For dem er det en utrolig smerte å ikke kunne ha tatt bare et menneske til ned til helvete, men å gi dem opp til Gud som Hans barn.

Ved å se på de onde åndene, er du også på den annen side minnet om hvor mye de har prøvd å sluke deg akkurat som en brølende løve mens du ble oppdratt på jorden.

Da blir du bare mere takknemlig for nåden til Gud Faderen, Herren, og den Hellige Ånd som beskytter deg fra mørkets makt og oppdrar deg til å bli Guds barn. Du blir også mere takknemlig til de som hjelper deg med å gå den riktige veien.

Så den Sjuv-år lange Bryllupsmiddagen er ikke bare en tid til å hvile og bli komfortabel fra alle smertene med å bli oppdratt på denne jorden, men også en tid for å huske tidene du hadde på denne jorden og bli mere takknemlig for Guds kjærlighet.

Du tenker også på himmelens evige liv som vil bli mye herligere enn den Sju-år lange Bryllupsmiddagen. Lykken i himmelen kan ikke bli sammenlignet med den Sju-år lange Bryllupsmiddagen.

Den Sju-år Lange Store Prøvelsen

Mens den lykkelige bryllupsmiddagen blir holdt oppe i atmosfæren, finner den Sju-år lange Store Prøvelsen sted på denne jorden. På grunn av typen og omfatningen av den Store Prøvelsen som aldri har funnet sted og som heller aldri vil, er mye av jorden ødelagt og de fleste mennesker som er igjen dør.

Men selvfølgelig er noen av dem frelst med hva de kaller "ettersanket frelse." Det er mange som er igjen på denne jorden etter Herrens Andre Advent på grunn av at de ikke trodde i det hele tatt, eller ikke trodde på den riktige måten. Men når de angrer under den Sju-år lange Store Prøvelsen og blir martyrer, kan de bli frelst. Dette er kalt "den ettersankede frelse."

Å bli en martyr under den Sju-år lange Store Prøvelsen, er heller ikke lett. Selv om de bestemmer seg for å bli martyrer i begynnelsen, vil de fleste ende opp med å nekte Herren på grunn av grusomme torturer og forfølgelser som er gitt av den ukristelige som tvinger dem til å motta "666" merket. De nekter vanligvis sterkt om å motta tegnet fordi når de først har fått det, vet de at de vil tilhøre Satan. Men det er alt annet enn lett å bære torturene sammen med de ekstreme smertene.

Noen ganger selv om de kan overvinne torturene, er det vanskeligere å se på sin elskede famile medlemmer bli torturert. Det er derfor det er så vanskelig å bli frelst av denne "ettersankede frelse." Ytterligere, siden mennesker ikke kan motta noen hjelp fra den Hellige Ånd under denne tiden, er det vanskeligere å vedlikeholde troen.

Derfor håper jeg at ingen av leserne vil komme til den Sju-års lange Store Prøvelsen. Grunnen til at jeg forteller om den Sju-år lange Store Prøvelsen er for å fortelle deg om begivenhetene som har blitt skrevet ned i Bibelen om tidens slutt som blir og som vil bli fullført helt nøyaktig.

En annen grunn er også for de som vil bli etterlatt på jorden etter at Guds barn har blitt fanget opp i atmosfæren. Mens sanne troere går opp til himmelen og er i besttelse av den Sju-år lange Bryllupsmiddagen, skjer den ulykkelige Sju-års Store Prøvelsen her på jorden.

Martyrer Oppnår "Ettersanket Frelse"

Etter Herrens tilbakekomst til atmosfæren, vil det være noen som angrer på deres feilaktige tro på Jesus Kristus blant menneskene som ikke er løftet opp i atmosfæren. Hva som fører dem til den "ettersankede frelse" er Guds ord som er forkynnet av kirken som viser Guds mektige arbeide i høy grad på slutten av tiden. De finner ut av hvordan de kan bli frelst, hva slags begivenhet som vil bli åpenbart, og hvordan de burde reagere til verdens begivenheter som er spådd gjennom Guds ord.

Så det er noen mennesker som virkelig angrer foran Gud og er frelst ved å bli martyrer. Dette er den såkalte "ettersankede frelse." Blant slike mennesker er selvfølgelig isralittene. De vil finne ut av "Korsets Budskap" og innse at Jesus, som de ikke gjenkjente som Messias, virkelig er Guds sønn og alle menneskers Frelser. Så vil de angre og bli en del av den "ettersankede frelse." De vil komme sammen for å utvikle deres tro sammen, og noen av dem vil finne Guds hjerte og bli martyrer som skal frelses.

På denne måten er skriftene som klart beskriver Guds ord ikke bare hjelpsomme til å øke mange troendes troskap, men de spiller også en stor rolle for alle de som ikke er fanget opp i luften. Derfor burde du innse den vidunderlige kjærligheten og barmhjertighet til Gud, som har gjort istand alt for de som vil bli frelst til og med etter Herrens Andre Advent i luften.

2. Millenniumet

Brudene som er ferdige med den Sju-år lange Bryllupsmiddagen vil komme ned til denne jorden og styre med Herren i tusen år (Johannes' åpenbaring 20:4). Når Herren kommer tilbake til jorden, vil Han rense den. Han vil først rense luften og så gjøre all naturen vakker.

Å Reise Rundt Omkring på Hele den Nyrensede Jorden

Akkurat som et par som akkurat har giftet seg drar på en bryllupsreise, vil du reise på turer med Herren, din brudgom i løpet av Millenium etter den Sju-år lange bryllupsmiddagen. Hvor vil du helst reise?

Guds barn, Herrens bruder, vil helst besøke jorden her og der siden de må snart dra ifra den. Gud vil flytte alle tingene i den Første Himmelen, som for eksempel jorden hvor menneskenes oppdragelse fant sted, solen, og månen til et annet sted etter Millenium.

Etter den Sju-år lange Bryllupsmiddagen, vil Gud Faderen utstyre jorden vakkert og la deg bo der med Herren i et tusen år før Han flytter den avgårde. Dette er en prosess som er planlagt på forhånd innenfor Guds forsyn når Han skapte alle ting i himmelen og på jorden på seks dager, og hvilte den syvende dagen. Det er også for at du ikke skal være lei deg for å dra fra jorden ved å la deg styre med Herren i et tusen år. Du vil nyte den skjønne tiden ved å styre med Herren for et tusen år på denne vakre renoverte jorden. Ved å besøke alle de stedene som du ikke før har vært mens du bodde på denne jorden, kan du føle en glede og lykke som du ikke før har følt.

Regjerende i Et Tusen År

I løpet av denne tiden, er det ikke noen fiende Satan og djevel. Akkurat som livet i Edens Have, vil det bare være fred og hvile i slike behagelig omgivelser. De som er frelst og Herren vil også forbli på denne jorden, men de bor ikke med de kjødelige menneskene som overlevde den Store Prøvelsen. De frelsede menneskene og Herren vil leve på et atskilt sted som for eksempel et kongelig palass eller slott. Med andre ord, åndelige mennesker vil leve innen slottet, og de kjødelige menneskene vil leve utenfor slottet fordi de åndelige og de kjødelige kroppene ikke kan være sammen på et sted.

Åndelige mennesker vil allerede ha blitt forandret til åndelige kropper og vil ha evig liv. De kan derfor leve ved å lukte på duften av blomstene, men noen ganger kan de også spise med de kjødelige menneskene når de er sammen. Men selv om de spiser, går de ikke på toalettet som de kjødelige menneskene. Selv om de spiser fysisk mat, oppløser de det i luften gjennom pusten.

De kjødelige menneskene vil konsentrere seg om å øke seg i antall fordi det ikke er mange overlevende fra den Sju-år lange Store Prøvelsen. Nå vil det ikke bli noen sykdommer eller ondskap fordi luften er ren, og fienden Satan og djevelen vil ikke være der. På grunn av at fienden Satan og djevelen som kontrollerer ondskapen er fengslet i den bunnløse graven, Abyss, urettferdigheten og ondskapen i den menneskelige naturen vil ikke anvende innflytelse (Johannes' åpenbaring 20:3). Siden det også ikke er noen død, vil jorden igjen bli fylt med mange mennesker.

Hva vil så de kjødelige menneskene spise? Når Adam og Eva bodde i Edens Have, spiste de bare frukt og sådde planter (første Mosebok 1:29). Etter at Adam og Eva var ulydige mot Gud og ble drevet ut fra Edens Have, begynte de å spise plantene fra jordene (første Mosebok 3:18). Etter oversvømmelsen med Noah, ble verden bare mere ond og Gud tillot menneskene å spise kjøtt. Som du ser jo mere ond verdenen ble, jo ondere ble maten som menneskene spiste.

Under Millenium, spiste menneskene avlinger fra jordene eller frukt ifra trærne. De vil ikke spise noe kjøtt, akkurat som menneskene før Noahs oversvømmelse gjorde, fordi det skal ikke være noen ondskap eller dreping. Også på grunn av at all sivilisasjonen vil ha blitt ødelagt av krig under den Store Prøvelsen, vil de gå tilbake til den primitive måten å leve på og de vil øke i antall på den jorden som Herren har omgjort. De ville begynne på nytt i den rene naturen, men som ikke er forurenset, og som er fredelig, og vakker.

Siden de også har erfart slik en utviklet sivilisasjon før den Store Prøvelsen og hadde kunnskapen, kan ikke dagens moderne sivilisasjon bli fullført innen et eller tohundre år. Men ettersom tiden passerte og menneskene samlet sammen deres kunnskaper, kan de kanskje få til en sivilisasjon på dagens nivå på slutten av Millenium.

3. Himmelrike Belønnet etter Dommedagen

Etter Milleniumet, vil Gud frigjøre fienden Satan og djevelen for en kort periode etter at de har vært fengslet i Abyss, den bunnløse graven (Johannes' åpenbaring 20:1-3). Selv om selve Herren lever på denne jorden for å føre de kjødelige menneskene som overlevde den Store Prøvelsen og deres etterfølgere til den evige frelse, har de ikke sann tro. Så Gud lar fienden Satan og djevelen friste dem.

Mange av de kjødelige menneskene vil bli bedratt av djevelen og gå sin undergang i møte (Johannes' åpenbaring 20:8). Så Guds mennesker vil igjen bli klar over hvorfor Gud måtte lage helvete og Guds mektige kjærlighet som vil motta sanne barn gjennom den menneskelige oppdragelsen.

Den onde ånden som blir satt fri for en kort periode vil igjen bli puttet i den bunnløse graven, og den Mektige Dommen til den Hvite Tronen vil finne sted (Johannes' åpenbaring 20:12). Hvordan vil så den Mektige Dommen til den Hvite Tronen skje?

Gud har Kontroll Over Dommen til den Hvite Tronen

I juli 1982, mens jeg ba for åpningen av en kirke, ble jeg kjent med den Mektige Dommen til den Hvite Tronen i detaljer. Gud åpenbarte for meg en scene hvor Gud dømmer alle. Foran Gud Faderens Trone, stod Herren og Moses, og rundt Tronen var det mennesker som spilte en rolle som jury.

I motsetning til dommere i denne verdenen, er Gud perfekt

og gjør ingen feil. Men Han dømmer fremdeles ved siden av Herren som tjener som kjærlighetens forsvarer, Moses som lovens anklager, og andre mennesker som jury medlemmer. Johannes' åpenbaring 20:11-15 beskriver helt nøyaktig hvordan Gud vil dømme.

"Og jeg så en stor hvit trone, og Ham som satt på den; og for hans åsyn vek jorden og himmelen bort, og det ble ikke funnet sted for dem. Og jeg så de døde, små og store, stå for Gud, og bøker ble åpnet, som er livsens bok; og de døde ble dømt etter det som var skrevet i bøkene, etter sine gjerninger. Og havet ga tilbake de døde som var i det, og døden og dødsriket ga tilbake de døde som var i dem; og de ble dømt, enhver etter sine gjerninger. Og døden og dødsriket ble kastet i ildsjøen. Dette er den annen død: ildsjøen. Og hvis noen ikke finnes oppskrevet i livets bok, da ble han kastet i ildsjøen."

"Den mektige hvite tronen" refererer her til Guds Trone, som er dommeren. Gud som sitter på tronen som er så skinnende at det nesten ser "hvitt" ut, vil utføre den siste dommen med kjærlighet og rettferdighet for å sende klinten, og ikke hveten, til helvete.

Det er derfor at det noen ganger blir kalt den Mektige Dommen til den Hvite Tronen. Gud vil dømme nøyaktig ifølge "livets bok" som skriver ned navnene på de som er frelst og andre bøker som skriver ned gjerningene til hvert menneske.

Den Ikke Frelsede Vil Falle Inn I Helvete

Foran Guds Trone, finnes det ikke bare livets bok, men også andre bøker som skriver ned alle gjerningene til hver enkelt person som ikke aksepterte Herren eller som ikke hadde sann tro (Johannes åpenbaring 20:12).

Fra tiden hvor menneskene ble født til tiden hvor Herren fikk tak i deres ånd, er hver eneste gjerning skrevet ned i disse bøkene. For eksempel å utføre gode gjerninger, forbanne noen, slå noen, eller bli sint på noen er alle gjerninger som blir skrevet ned av englenes hender.

Akkurat som du kan skrive ned og bevare visse samtaler eller begivenheter i lang tid gjennom video eller lydopptak, skriver og registrerer englene alle situasjonene i bøkene i himmelen ved Gud den Allmektiges befaling. Derfor vil den Mektige Dommen til den Hvite Tronen finne sted veldig presist uten noen feilberegnelse. Hvordan vil så dommen bli utført?

De menneskene som ikke er frelst vil bli dømt først. Disse menneskene kan ikke stå foran Gud for å bli dømt fordi de er syndere. De vil bare bli dømt i Hades, helvetes Ventested. Selv om de ikke vil stå foran Gud, vil dommen falle like hardt som om de fant sted like foran Gud selv.

Blant synderne, vil Gud først dømme de som har større synder. Etter dommen til de som ikke er frelst, vil de enten fullstendig gå inn i ildens tjern eller tjernet med den brennende svovelen og bli straffet i all evighet.

De Frelsede Mottar Belønninger i Himmelen

Etter at dommen til de som ikke er frelst er fullført på en slik måte, vil dommen for belønningene til de som er frelset komme deretter. Akkurat som det er gitt løfte om i Johannes' åpenbaring 22:12, *"Se, Jeg kommer snart, og min lønn er med meg, til å gi enhver igjen ettersom hans gjerning er,"* stedene og belønningene i himmelen vil bli bestemt deretter.

Dommen for belønningene vil finne sted i fred like foran Gud, på grunn av at det er for Guds barn. Dommen for belønningene begynner fra de som har den største og de fleste premiene, til de som har de færreste premiene, og så vil Guds barn stige inn i deres respektive steder.

> *"Og natt skal ikke være mere, og de trenger ikke lys av lampe og lys av sol, for Gud Herren skal lyse over dem; og de skal regjere i all evighet"* (Johannes' åpenbaring 22:5).

Til tross for mange lidelser og vanskeligheter i denne verdenen, hvor lykkelig er den ikke fordi du har håp om himmelen! Der bor du med Herren i all evighet med bare lykke og glede og ingen tårer, sorg, smerte, sykdom, eller død.

Jeg har bare beskrevet litt om den Sju-år lange Bryllupsmiddagen og om Milleniumet hvor du vil styre med Herren. Når disse tidene – som bare er en innledning til livet i himmelen – er så lykkelige, hvor lykkelig og gledelig ville livet i himmelen ikke bli? Derfor burde du springe mot ditt sted og belønningene som er satt til side for deg i himmelen helt til tiden kommer hvor Herren kommer tilbake og tar deg med seg.

Hvorfor har våre forfedres tro prøvd så hardt og lidd så mye og tatt den smale veien til Herren, istedenfor den lette veien til denne verdenen? De fastet og ba mange netter for å kaste bort deres synder og gi seg selv fullstendig fordi de hadde håp om himmelen. Fordi de trodde på Gud som ville belønne dem i himmelen ifølge deres gjerninger, prøvde de sterkt å bli hellige og å bli trofaste i alle Guds hus.

Derfor ber jeg i Herrens navn at du ikke bare vil delta i den Sju-års lange Bryllupsmiddagen og bli i Herrens armer, men også å holde deg nærme Guds Trone i himmelen ved å prøve ditt beste med lidenskapelig håp om himmelrike.

4. Kapittel

Himmelens Hemmeligheter Som Har Vært Gjemt Siden Skapelsen

1. Hemmeligheter om Himmelen Har Blitt Åpenbart Siden Jesus Tid
2. Hemmeligheter om Himmelen som ble Åpenbart på Slutten av Tiden
3. I Min Faders Hus Er Det Mange Oppholdssteder

*Jesus svarte og sa til dem:
"Fordi dere er det gitt å få vite
himlenes rikes hemmeligheter;
men dem er det ikke gitt.
For den som har, ham skal gis,
og han skal ha overflod;
men den som ikke har,
fra ham skal endog tas det han har.
Derfor taler jeg til dem i lignelser,
fordi de ser og dog ikke ser,
og fordi de hører og dog ikke hører
og ikke forstår."*

*Alt dette talte Jesus i lignelser til folket,
og uten lignelser talte Han ikke noe til dem,
forat det skulle oppfylles som er talt ved
profeten, som sier:
"Jeg vil oplate min munn i lignelser,
Jeg vil utsi det som har vært skjult
fra verdens grunnvold ble lagt."*

- Matteus 13:11-13; 34-35 -

En dag da Jesus satt på stranden, samlet det seg mange mennesker. Da fortalte Jesus dem mange lignelser. Jesus disippel spurte Ham da, *"Hvorfor prater du til dem i lignelser?"* Jesus svarte dem:

"Fordi dere er det gitt å få vite himlenes rikes hemmeligheter; men dem er det ikke gitt. For dem som har, han skal gis, og han skal ha overflod; men den som ikke har, fra ham skal endog tas det han har. Derfor taler jeg til dem i lignelser, fordi de ser og dog ikke ser, og fordi de hører og dog ikke hører og ikke forstår. Og på dem oppfylles Esias' spådom, som sier: 'Dere skal høre og høre og ikke forstå, og se og se og ikke skjelne; for dette folk hjerte er sløvet, og med ørene hører de tungt, og sine øyne lukker de, forat de ikke skal se med øynene og høre med ørene og forstå med hjertet og omvende seg, så jeg kunne læge dem.' Men salige er deres øyne fordi de ser, og deres ører fordi de hører. For sannelig sier jeg dere: Mange profeter og rettferdige har attrådd å se det dere ser, og har ikke fått se det, og høre det dere hører, og har ikke fått høre det" (Matteus 13:11-17).

Akkurat som Jesus hadde sagt, kunne mange profeter og de rettferdige ikke se eller høre om hemmelighetene i himmelens kongerike selv om de gjerne ville se dem.

Men på grunn av at Jesus, som er selve Gud på alle måter, kom ned til denne jorden (Filippenserne 2:6-8), ble det tillat å åpenbare himmelens hemmeligheter til Hans disipler. Akkurat som det ble skrevet i Matteus 13:35, *"forat det skulle oppfylles som er talt ved profeten, som sier: 'Jeg vil oplate min munn i lignelser, jeg vil utsi det som har vært skjult fra verdens grunnvoll ble lagt,'"* Jesus pratet i lignelser for å fullføre det som hadde blitt skrevet i Skriftene.

1. Hemmeligheter om Himmelen Har Blitt Åpenbart Siden Jesus Tid

I Matteus 13, er det mange lignelser om himmelen. Dette er på grunn av at uten lignelser, kan du ikke forstå og innse himmelens hemmeligheter selv om du leser Bibelen mange ganger.

"Himlenes rike er å ligne med en mann som hadde sådd god sæd i sin aker" (v. 24).

"'Himlenes rike er likt et sennepskorn som en mann tok og sådde i sin aker; det er mindre enn alt annet frø; men når det vokser til, er det større enn alle maturter og blir til et tre, så himlenes fugler kommer og bygger rede i dets grener" (v. 31-32).

"Himlenes rike er likt en surdeig som en kvinne tok og skjulte i tre skjepper mel, til det ble syret alt

sammen" (v. 33).

"Himlenes rike er likt en skatt som var gjemt i en aker, og som en mann fant og skjulte, og i sin glede gikk han bort og solgte alt det han hadde, og kjøpte åkeren" (v. 44).

Atter er himlenes rike likt en kjøpmann som søkte etter gode perler, og da han fant en kostelig perle, gikk han bort og solgte alt det han hadde, og kjøpte den" (v. 45-46).

"Atter er himlenens rike likt en not som kastes i havet og samler fisk av alle slags; når den er blitt full, drar de den på land og setter seg ned og samler de gode sammen i kar, men de råtne kaster de bort" (v. 47-48).

Likeledes forkynner Jesus om himmelrike, som ligger i det åndelige rike, gjennom mange lignelser. Fordi himmelen er i det usynlige åndelige rike, kan du bare gripe fatt i det gjennom lignelser.

For å kunne ha evig liv i himmelen, må du leve et ordentlig liv med tro og vite hvordan du kan beholde himmelen, hva slags mennesker vil komme inn dit, og når det vil bli fullført.

Hva er det endelige målet med å gå til kirken og å leve et liv i troen? Det er for å bli frelst og for å komme til himmelen. Men hvis du ikke kan komme til himmelen selv om du har gått i kirken i lang tid, hvor ynkelig ville du ikke være?

Himmelrike I

Selv under Jesus tid, var det mange mennesker som adlød loven og erklærte deres tro i Gud, men som ikke var kvalifiserte nok til å komme til himmelen. I Matteus 3:2, på grunn av dette erklærte døperen Johannes at, *"Omvend dere; for himlenes rike er kommet nær!"* og tilrettelagte veien til Herren. I Matteus 3:11-12, fortalte han også menneskene at Jesus er Frelseren og Herren over den Store Dommen ved å si, *"Jeg døper dere med vann til omvendelse; men han som kommer etter meg, er sterkere enn meg, han hvis sko jeg ikke er verdig til å bære; han skal døpe dere med den Hellige Ånd og ild. Han har sin kasteskovl i sin hånd, og han skal rense sin låve og samle sin hvete i laden, men agnene skal han brenne opp med uslukkelig ild."*

Uansett mislykkes han ikke bare med å anerkjenne Ham som deres Frelser men korsfestet Ham også. Hvor leit er det ikke at de idag fremdeles venter på Messias!

Hemmeligheter om Himmelen som ble Åpenbart til apostelen Paulus

Selv om apostelen Paulus ikke var en av Jesus oprinnelige tolv disipler, støttet han ingen med å vitne om Jesus Kristus. Før Paulus møtte Herren, hadde han vært en fariseer som hadde holdt loven og tradisjonen til de eldre veldig strengt, og en Jøde som hadde beholdt det romerske borgerskapet siden fødselen, og som hadde deltatt i dommen av de første kristne menneskene.

Men etter at de hadde møtt Herren på veien til Damascus, forandret Paulus hans mening og førte veldig mange mennesker til frelsens vei ved å konsentrere seg om forkynnelsen av hedningene.

Gud viste at Paulus ville lide av mye smerter og forfølgelse mens han forkynte om evangeliet. Det er derfor Han avslørte om de vidunderlige hemmelighetene vedrørende himmelen til Paulus slik at han kunne forte seg imot målet (apostelen Paulus' brev til filippenserne 3:12-14). Gud lot ham forkynne evangeliet med den største glede og med håp om himmelen.

Hvis du leser de paulinske brevene, kan du se at han skrev det med full inspirasjon av den Hellige Ånd om Herrens tilbakekomst, om de troende som blir tatt opp i luften, deres bosteder i himmelen, æren i himmelen, evige belønninger og kroner, den evige presten Melchizedek, og Jesus Kristus.

I Paulus 2. brev til korintierne 12:1-4, deler Paulus hans åndelige erfaringer med kirken i Korint som han hadde grunnlagt, men som ikke levde ifølge Guds ord.

"Jeg må rose meg skjønt det ikke er ganglig; men jeg kommer nå til syner og åpenbarelser av Herren. Jeg kjenner et menneske i Kristus – om han var i legemet, vet jeg ikke; Gud vet det – en som for fjorten år siden ble rykket like inn i den tredje himmel. Og jeg kjenner dette menneske – om han var i legemet, vet jeg ikke; Gud vet det – han ble rykket inn i Paradis og hørte usigelige ord, som det ikke er et menneske tillatt å tale."

Gud valgte apostelen Paulus for evangeliseringen av hedningene, renset ham med ilden, og ga ham synsevner og åpenbaringer. Gud lot ham seire over alle vanskeligheter med kjærlighet, tro, og håp om himmelen. For eksempel, Paulus tilsto at han hadde blitt ført til Paradiset i det Tredje Himmelrike og hørt om himmelens hemmeligheter fjorten år tidligere, men de var så vidunderlige at menneskene ikke hadde lov til å fortelle om det.

En apostel er en person som er tilkalt av Gud og som fullstendig adlyder Hans ord. Likevel var det noen folk blandt medlemmene i den Korintiske kirken som var bedratt av falske lærere og dømte apostelen Paulus.

Nå førte apostelen Paulus en liste over alle lidelsene som han hadde blitt rammet av til Herren og delte sine åndelige erfaringer for å lede korintierne til å bli vakre bruder til Herren, og handle ifølge Guds ord. Dette var ikke for å skryte av hans åndelige erfaringer, men bare for å bygge opp og styrke kirken til Kristus ved å forsvare og bekrefte at han var en apostel.

Hva du må innse her er at synene og åpenbaringene til Herren bare kan bli gitt til de som er respektable i Guds øyne. Også, i motsetning til de medlemmene av den Korintiske kirken som var bedratt av falske lærere, dømte også Paulus. Du må ikke dømme noen som arbeider for å utvide Guds kongerike, frelser mange mennesker, og som er anerkjent av Gud.

Hemmeligheter om Himmelen Vist til Apostelen Paulus

Apostelen Johannes var en av de tolv disiplene og var elsket veldig høyt av Jesus. Jesus Selv hadde ikke bare kaldt ham en "disippel" men hadde også oppdratt ham åndelige, slik at han kunne tjene hans lærer på kort avstand. Han hadde vært så hissig at han hadde ofte blitt kaldt "sønnen til tordenet," men han ble en apostel med kjærlighet etter at han ble forvandlet av Guds makt. Johannes fulgte Jesus, og søkte etter æren i himmelen. Han var også den eneste disippel som hørte de sju siste ordene som Jesus sa på korset. Han var trofast i hans forpliktelse som en apostel, og ble en stor mann i himmelen.

Som et resultat av sterk forfølgelse av kristendommen av det romerske keiserdømme, var Johannes kastet inn i kokende olje, men ble ikke satt til døden og måtte gå i landflyktighet til øyen Patmos. Der meddelte han med Gud i detaljer og skrev Boken om Åpenbaringen som er full av himmelens hemmeligheter.

Johannes skrev på så mange åndelige saker som for eksempel Guds Trone og Lammet i himmelen, tilbedelse i himmelen, de fire levende menneskene rundt Guds Trone, de Sju Årene med den Store Prøvelsen og englenes roller, Lammets Bryllupsmiddag og Millenniumet, den Store Dommen til den Hvite Tronen, helvete, det nye Jerusalem i himmelrike, og den bunnløse graven, Abyss.

Det er derfor apostelen Johannes sier i Johannes' åpenbaring 1:1-3 at Boken er skrevet ned gjennom åpenbaringene og Herrens syn, og han skriver alt ned fordi alt som blir skervet ned vil finne sted ganske snart.

"Jesu Kristi åpenbaring, som Gud ga ham for at han skulle vise sine tjenere det som snart skal skje; og han sendte bud ved sin engel og kunngjorde det i tegn for sin tjener Johannes, som har vitnet om Guds ord og Jesu Kristi Vitnesbyrd, alt det han så. Salig er den

som leser, og de som hører det profetiske ord og tar vare på det som er skrevet der; for tiden er nær."

Frasen "tiden er nær" antyder at tiden til Herrens tilbakekomst ikke er langt unna. Derfor er det veldig viktig å ha kvalifikasjonene til å komme inn i himmelen ved å bli frelst med troen.

Selv om du går i kirken hver uke, kan du ikke bli frelst hvis du ikke har troen sammen med gjerningene. Jesus forteller deg, *"Ikke enhver som sier til meg: 'Herre, Herre,' skal komme inn i himlenes rike, men den som gjør min himmelske Faders vilje"* (Matteus 7:21). Så hvis du ikke handler ifølge Guds ord, er det tydelig at du ikke kan komme inn i himmelen.

Derfor forklarer apostelen Johannes om begivenhetene og de profetsike gavene som vil skje og snart bli gjennomført i detaljer fra Johannes åpenbaring 4 og så videre, og avslutter med at Herren skal komme tilbake og at du må vaske din skjorte.

"Se, Jeg kommer snart, og min lønn er med meg, til å gi enhver igjen ettersom hans gjerning er, stedene og belønningene i himmelen vil bli bestemt deretter. Jeg er Alfa og Omega, begynnelsen og enden, den første og den siste.. Salige er de som vasker sine skjorter, så de må få rett til livsens tre og gjennom portene komme inn i staden" (Johannes' åpenbaring 22:12-14).

Åndelig symboliserer skjorten ens hjerte og gjerninger. Å vaske skjorten menes å angre på syndene og å prøve å leve ifølge

Guds vilje.

Så i den grad hvor du lever ifølge Guds ord, vil du komme gjennom alle portene helt til du kommer til den vakreste av alle himlene, det nye Jerusalem.

Derfor skulle du innse at jo mere din tro vokser, jo bedre vil ditt bosted i himmelen bli.

2. Hemmeligheter om Himmelen som ble Åpenbart på Slutten av Tiden

La oss forske inn i hemmelighetene om himmelen som er åpenbart og som vil bli oppnådd på slutten av tiden gjennom lignelsen til Jesus i Matteus 13.

Han Vil Separere de Onde fra de Rettferdige

I Matteus 13:47-50, sier Jesus at himmelens kongerike er som et nett som ble lagt ned i tjernet og som fanget alle slags fisker. Hva mener de med dette?

> *"Atter er himlenes rike likt en not som kastes i havet og samler fisk av alle slags; når den er blitt full, drar de den på land og setter seg ned og samler de gode sammen i kar, men de råtne kaster de bort. Således skal det gå til ved verdens ende: Englene skal gå ut og skille de onde fra de rettferdige og kaste dem i ildovnen; der skal være gråt og tenners gnidsel."*

"Havet" refererer her til verdenen, "fisken" til alle de troende, og fiskeren som kaster noten ned i havet og samler fisk, Gud. Hva betyr det når Gud kaster ned en not i havet, drar det opp når det er fullt, og beholder den gode fisken i kurver og kaster vekk den dårlige? Dette er for å la deg vite at på slutten av tiden, englene vil komme og samle inn de rettferdige til himmelen og kaste de onde inn i helvete.

Idag tror mange mmensker at de vil med sikkerhet komme inn i himmelrike hvis de aksepterer Jesus Kristus. Jesus, derimot, sier klart og tydelig at, *"Englene vil komme frem og ta ut de onde fra de rettferdige, og vil kaste dem inn i ildens ovn"* (Matteus 13:50). "De rettferdige" antyder her de som er kalt "rettferdige" ved å tro på Jesus Kristus i deres hjerter og reflektere deres tro med gjerninger. Du er ikke "rettferdig" på grunn av at du kjenner Guds ord, men bare på grunn av at de adlyder Hans befalinger og handler ifølge Hans vilje (Matteus 7:21).

I Bibelen er det "Ting du gjør", "Ting du ikke gjør," "Ting du beholder," og "Ting du kaster vekk." Bare de som lever ifølge Guds ord er "rettferdige" og ansett for å ha åndelig, levende tro. Det er mennesker som generelt sies å være rettferdige, men de kan bli kategorisert som "rettferdige" i menneskenes øyne eller "rettferdige" i Guds øyne. Derfor burde du kunne se forskjell på menneskenes rettferdighet og Guds rettferdighet, og bli et rettferdig menneske i Guds øyne.

For eksempel, hvis en mann som anser seg selv som rettferdig stjeler, hvem vil akseptere ham som en rettferdig mann? Hvis de som kaller seg selv "Guds barn," fortsetter med å begå synder og ikke lever ifølge Guds ord, kan de ikke bli kalt "rettferdige." Disse menneskene er de onde blandt de "rettferdige."

Hver Enkelt Herlighet til de Himmelske Legemeene

Hvis du aksepterer Jesus Kristus og lever bare ifølge Guds ord, vil du skinne akkurat som solen i himmelen. Apostelen Paulus skriver om himmelens hemmeligheter i detaljer i Paulus 1. brev til Korintierne 15:40-41.

"Og der er himmelske legemer, og der er jordiske legemer; men en herlighet har de himmelske legemer, en annen de jordiske. En glans har solen, og en annen månen, og en annen stjernene; for den ene stjerne skiller seg fra den andre i glans."

Siden en er i besittelse av himmelen bare med troen, er det fornuftig at himmelens ære vil bli forskjellig ifølge målingen av ens tro. Det er derfor det er en ære over solen, månen, og stjernene; til og med blandt stjernene er det forskjell på klarheten.

La oss ta en titt på en annen av himmelens hemmeligheter gjennom lignelsen av et sennepsfrø i Matteus 13:31-32.

"[Jesus] presenterte en annen lignelse til dem og sa, 'Himlenes rike er likt et sennepskorn som en mann tok og sådde i sin åker; det er mindre enn alt annet frø; men når det vokser til, er det større enn alle maturter og blir til et tre, så himlenes fugler kommer og bygger

rede i dets grener.'"

Et sennepsfrø er like lite som en prikk som er laget med en kulepenn. Til og med dette frøet vil vokse til et stort tre slik at fuglene i luften kan komme og sitte på dens grener. Så hva ville Jesus lære oss gjennom denne lignelsen av sennepsfrøet? Hva man kan lære av dette er at himmelen er i besittelse av troen, og at troen har forskjellig nivåer. Så selv om du har en "liten" tro nå, kan du oppdra det til en "stor" tro.

Selv Med En Tro Som er Like Liten som Et Sennepsfrø

Jesus sier i Matteus 17:20, *"For deres vanntros skyld, for sannelig sier jeg dere: Har dere tro som et sennepskorn, da kan dere si til dette fjell: Flytt deg derfra og dit! Og det skal flytte seg, og ikke noe skal være umulig for dere."* Svaret tilbake til Hans disipler var, *"Øk din tro!"* Jesus svarer, *"Dersom dere hadde tro som et sennepskorn, da skulle dere si til dette morbærtre: 'Rykk deg opp med rot og plant deg i havet! Og det skulle lyde dere'"* (Lukas evangeliet 17:5-6).

Hva er så de åndelige betydningene av disse versene? Det betyr at når troen som er like liten som et sennepskorn vokser og blir til en mektig tro, ikke noe vil bli umulig. Når noen aksepterer Jesus Kristus, blir han gitt en tro like liten som et sennepskorn. Når han sår dette kornet i hans hjerte, vil det vokse. Når det vokser til en fin tro på størrelse med et stort tre hvor mange fugler kommer og hviler på grenene, vil en erfare Guds makt som Jesus utførte som for eksempel at den blinde ble seende, den døve ble hørende, den stumme begynte å prate, og den døde kom tilbake til live.

Hvis du tror at du har tro, men ikke kan vise Guds makt og også har problemer i din familie eller arbeide, er det på grunn av at din tro er like liten som et sennepskorn som ikke ennå har vokst til et større tre.

Prosessen med Veksten av den Åndelige Troen

I Johannes' 1. brev 2:12-14, forklarer apostelen kort om veksten av den åndelige troen.

> "Jeg skriver til dere, mine barn, fordi deres synder er dere forlatt for hans navns skyld. Jeg skriver til dere fedre, fordi dere kjenner Ham som er fra begynnelsen; jeg skriver til dere unge, fordi dere har seiret over den onde. Jeg har skrevet til dere mine barn, fordi dere kjenner Faderen. Jeg har skrevet til dere fedre, fordi dere kjenner Ham som er fra begynnelsen; jeg har skrevet til dere unge, fordi dere er sterke, og Guds ord blir i dere, og dere har seiret over den onde."

Du burde innse at det er en prosess med troens vekst. Du må bygge din tro og ha troen som Faderne hadde hvor du kan kjenne til Gud som har vært her siden før tidens begynnelse. Du burde ikke bli tilfreds med troen som ligger på barnas nivå som har syndene tilgitt på grunn av Jesus Kristus.

Også som Jesus sier i Matteus 13:33. *"Himlenes rike er likt en surdeig som en kvinne tok og skjulte i tre skjepper mel, til det ble syret alt sammen."* Derfor burde du forstå at å la en tro, som er like liten som et sennepskorn, vokse til en mektig tro, kan bli gjort like hurtig som når gjæren arbeider seg gjennom deigen. Som det sies i korintierne 12:9, er troen en åndelig gave som Gud har gitt deg.

Å Kjøpe Himmelen Med Alt Det En Har

Du trenger å gjøre en virkelig innsats for å kunne oppnå himmelen fordi du kan bare oppnå himmelen med troen og det er en behandling med troens vekst. Til og med i denne verdenen, må du prøve virkelig hardt for å øke din rikdom og berømmelse, for ikke å snakke om å tjene nok penger til å for eksempel kjøpe et hus. Du prøver veldig hardt å kjøpe og beholde alle disse tingene, men ingen av dem kan du beholde i all evighet. Hvor mye mere måtte du så prøve for å kunne få glansen, herligheten og bostedet i himmelen som du ville kunne ha i all evighet?

Jesus sa i Matteus 13:44, *"Himlenes rike er likt en skatt som var gjemt i en aker, og som en mann fant og skjulte, og i sin glede gikk han bort og solgte alt det han hadde, og kjøpte åkeren."* Han fortsetter i Matteus 13:45-46 med, *"Atter er himlenes rike likt en kjøpmann som søkte etter gode perler, og da han fant en kostelig perle, gikk han bort og solgte alt det han hadde, og kjøpte den."*

Så hva er himmelens hemmeligheter som blir åpenbarte gjennom lignelsene om skatten som er gjemt i en åker og om den gode perlen? Jesus fortalte ofte lignelser med gjenstander som lett kunne bli funnet i hverdagen. Så la oss nå kikke på lignelsene om "skatten som er gjemt i en åker."

Det var en fattig gårdsbruker som tjente til livets opphold ved å tjene en daglig lønn. En dag dro han på arbeide på hans nabos oppfordring. Gårdsbrukeren ble fortalt at jorden var uproduktiv fordi den ikke hadde blitt brukt på lenge, men naboen ville plante noen frukttrær for ikke å sløse bort jordområdet. Gårdsbrukeren ble enig om å gjøre arbeidet. Han ryddet marken en dag og følte noe veldig solid på enden av skoffen. Han fortsatte å grave og fant mange skatter i jorden. Gårdsbrukeren som fant skatten begynte å tenke på hvordan han kunne beholde skatten. Han bestemte seg for å kjøpe eiendommen som skatten ble funnet på og siden jordet var så ufruktbar og nesten bortkastet, trodde gårdsbrukeren at eieren av eiendommen kanskje ville selge det uten mye motstridelse.

Gårdsbrukeren kom tilbake til huset sitt, tok alt han eide, og begynte å selge hans eiendommer. Han beklaget seg ikke ved å selge alt han eide, fordi han hadde funnet skatten, som var verdt mer enn alt det han hadde.

Lignelsen med Skatten som Var Gjemt på Jordet

Hva innser du gjennom lignelsene om skatten som var gjemt i åkeren? Jeg håper at du forstår himmelens hemmelighet ved å se på den åndelige meningen med skattens lignelse som var gjemt på et jordet på fire forskjellige måter.

Først står et jordet for ditt hjerte og skatten står for himmelen. Det betyr at himmelen, akkurat som skatten, er gjemt i ditt hjerte.

Gud skapte menneskene med ånden, sjelen, og kroppen. Ånden er laget som menneskenes herre for å kommunisere med Gud. Sjelen er laget for å adlyde åndens befaling, og kroppen er laget som oppholdsstedet for ånden og sjelen. Derfor, et menneske har før vært en levende ånd akkurat som det står i første Mosebok 2:7.

Siden den første mannen Adam begikk synden ved ikke å adlyde, begynte ånden, mannens herre, døden, og sjelen å spille rollen som herre. Menneskene falt da mere inn i syndene og måtte dra via døden på grunn av at de ikke lenger kunne stå i forbindelse med Gud. De var nå mennesker med sjeler, som er kontrollert av fienden Satan og djevelen.

For dette, sendte kjærlighetens Gud Hans eneste Sønn Jesus til denne verdenen og lot Ham bli korsfestet og mistet sitt blod som det botende offer for å gjenvinne alle menneskene fra deres synder. På grunn av dette, har frelserens vei åpnet seg for deg for å bli barna til den hellige Gud og for å igjen holde kontakt med Ham.

Derfor, samme hvem som aksepterer Jesus Kristus som sin personlige Frelser, vil motta den Hellige Ånd, og hans ånd vil vekkes opp. Han vil også motta rettighetene til å bli Guds barn og hans hjerte vil bli fyllt med glede.

Det betyr at ånden kom for å holde kontakt med Gud og kontrollere sjelen og kroppen igjen som menneskenes herre. Dette betyr også at han begynte å frykte Gud og å adlyde Hans ord, og utføre menneskenes forpliktelse.

Derfor er åndens oppvekkelse det samme som å finne ut om skattene som er gjemt i åkeren. Himmelen er akkurat som skatten som er gjemt i åkeren på grunn av at himmelen nå er tilstede i ditt hjerte.

En annen måte å se det på er når en mann finner en skatt gjemt i en åker hvor han blir veldig henrykt, betyr at hvis en aksepterer Jesus Kristus og mottar den Hellige Ånd, den døde ånden vil bli vekket opp, og han vil innse at himmelen ligger i hans hjerte og jubler.

Jesus sier i Matteus 11:12, *"Men fra døperen Johannes' dager inntil nå trenger de seg med makt inn i himlenes rike, og de som trenger seg inn, river det til seg."* Apostelen Johannes skriver om det også i Johannes' åpenbaring 22:14, *"Salige er de som vasker sine skjorter, så de må få rett til livsens tre og gjennom portene komme inn i staden."*

Hva du kan lære ifra dette er at ikke alle som har akseptert Jesus Kristus vil komme til det samme bostedet i himmelens kongerike. Til den grad du ligner Herren og blir sannferdig, vil du arve et vakrere bosted innenfor himmelen.

De som elsker Gud vil derfor ha et håp om himmelen og vil handle ifølge Guds ord når alt kommer til alt, og prøver å ligne på Herren ved å kaste vekk all ondskapen.

Du har himmelens rike, like mye som du fyller ditt hjerte med himmelen, hvor det bare er godhet og sannhet. Til og med på denne jorden, når du innser at himmelen ligger i ditt hjerte, vil du bli lykkelig.

Det er slik en lykke du erfarer når du først møter Jesus Kristus. For en som måtte gå mot døden, men som fikk sannhetens liv og det evige himmelrike gjennom Jesus Kristus, hvor lykkelig ville han ikke bli! Han ville også bli veldig lykkelig fordi han kan tro på himmelens rike i sitt hjerte. Mannen som jubler av lykke på grunn av at han fant skatten som var gjemt i åkeren, betyr her lykken ved å akseptere Jesus Kristus og ved å ha himmelens rike i hans hjerte.

Det tredje er når han gjemmer skatten igjen etter at han har funnet den. Dette betyr at ens ånd har blitt gjenoppvekket og at han gjerne vil leve etter Guds vilje, men han kan ikke riktig sette sin besluttsomhet i sving på grunn av at han ikke har mottat makten til å leve ifølge Guds Ord.

Gårdsbrukeren kunne ikke grave opp skatten så fort han fant den. Han måtte først selge sine eiendeler og kjøpe åkeren. På samme måte, vet du at det finnes en himmel og et helvete og hvordan du kan komme inn til himmelen når du aksepterer Jesus Kristus, men du kan ikke vise din handling så fort du begynner å høre på Guds ord.

Fordi du hadde levet et ondt liv som gikk på tross av Gud ord før du aksepterte Jesus Kristus, er det mye urettferdighet tilbake i ditt hjerte. Men hvis du ikke blir kvitt alt som er urettferdig i ditt hjerte mens du erklærer din tro i Gud, vil Satan fortsette med å lede deg til mørket slik at du ikke kan leve etter Guds ord. Akkurat som når bonden kjøpte åkeren etter at han hadde solgt alt hva han hadde, kan du få skatten i ditt hjerte bare når du prøver å bli kvitt sjelen med løgnene og ha et sant hjerte slik som Gud vil at du skal ha.

Derfor må du følge sannheten, som er Guds ord, ved å stole på Gud og ved å be intenst. Bare da vil løgnen bli kastet bort og du vil motta makten til å leve ifølge Guds ord. Du burde konsentrere deg om at himmelen bare er for slike mennesker.

Fjerde, å selge alt han hadde, betydde at for at den døde ånden skulle våkne til live igjen og bli menneskenes herre, måtte du ødelegge alle løgnene som tilhørte sjelen.

Når den døde ånden blir vekket opp, vil du innse at det er himmelen. Du burde ha himmelen ved å ødelegge alle de løgnaktige tankene, som tilhører sjelen og som er styrt av Satan, og ved å ha troen forbundet med gjerninger. Dette er det samme prinsippet som en kylling som brekker skjellet for å komme ut i verden.

Derfor må du kaste bort alle gjerningene og ønskene til det kjødelige for å fullstendig være i besittelse av himmelen. Dessuten burde du bli en person av hele ånden som fullstendig ligner Herrens guddommelige vesen (Paulus 1. brev til tessalonikerne 5:23).

Kjødets gjerninger er utformingen til ondskapen i hjertet som fører til gjerningen. Kjødets begjær refererer til alle syndenes nature i hjertet som kan føre til gjerning når som helst, selv om det ikke ennå har resultert i gjerninger. For eksempel, hvis du har hat i hjerte ditt, er dette kjødets begjær, og hvis dette hatet blir til gjerninger ved å slå et annet menneske, er dette en av kjødets gjerninger.

Galaterbrevet 5:19-21 sier bestemt, *"Men kjødets gjerninger er åpenbare, såsom: utukt, urenhet, skamløshet, avgudsdyrkelse, trolldom, fiendskap, kiv, avind, vrede, stridigheter, tvedrakt, partier, misunnelse, mord, drikk, svir og annet slikt; om dette sier jeg dere forut, likesom jeg og forut har sagt, at de som gjør sådant, skal ikke arve Guds rike."* Romerne forteller oss også i 13:13-14, *"La oss vandre sømmelig, som om dagen, ikke i svir og drikk, ikke i løsaktighet og skamløshet, ikke i kiv og avind, men ikle dere den Herre Jesus Kristus, og bær ikke således omsorg for kjødet at det vekkes begjærligheter!"* Og Romerne 8:5 forteller, *"For de som er etter kjødet, attrår det som hører kjødet til, men de som er etter ånden, attrår det som hører Ånden til."*

Å selge alt du har betyr derfor å ødelegge alle løgnene som er i motsetningen til Guds vilje i din sjel og kaste bort kjødets gjerninger og ønsker, som ikke er riktige ifølge Guds ord, og alt annet som du har elsket mere enn hva du har elsket Gud.

Hvis du fortsetter med å kaste bort dine synder og ondskapen på denne måten, vil din ånd oppvekkes mere og mere og du kan leve ifølge Guds ord etter ønske om den Hellige Ånd. Til slutt vil du bli en person med ånd og en som kunne oppnå Herrens gudommelige vesen (Filippenserne 2:5-8).

Himmelen Var i Besittelse av Like Mye som Alt det som Ble Fullført i Hjertet

En som har himmelen ved å tro, er en som selger alt han har ved å kaste vekk all ondskapen og oppnå himmelen i hans hjerte. Til slutt, når Herren kommer tilbake, blir himmelen som har vært akkurat som en skygge en virkelighet og han vil ha den evige himmelen. En som har himmelen er den rikeste personen selv om han har kastet vekk alle sine eiendeler. Men en som ikke har himmelen er den fattigste personen som ikke har noe i virkeligheten, selv om han har alt i denne verdenen. Dette er på grunn av at alt du trenger er inne i Jesus Kristus og alt utenfor Jesus Kristus er meningsløst fordi etter døden, bare den evige dommen venter.

Dette er hvorfor Matteus fulgte Jesus og sa opp hans arbeide. Det er på grunn av dette at Peter fulgte Jesus og ga opp hans båt og not. Til og med apostelen Paulus syntes at alt hva han eide var bare søppel etter at han hadde funnet Jesus Kristus. Grunnen til at alle disse apostlene kunne gjøre dette, var på grunn av at de ville finne skatten og grave den opp, som var verdt mere enn noe annet i denne verdenen.

På samme måten må du vise din tro med gjerninger ved å adlyde de sanne ordene og kaste vekk alle løgnene som er rettet mot Gud. Du må kunne fullføre himmelens kongerike i ditt hjerte ved å selge alle løgnene som for eksempel stahet, stolthet, og overlegenhet som du hittil har sett på som en skatt i ditt hjerte.

Derfor burde du ikke kikke etter tingene i denne verdenen, men selge alt du har for å kunne komme til himmelen i ditt hjerte og arve himmelens evige kongerike.

3. I Min Faders Hus Er Det Mange Oppholdssteder

Fra Johannes 14:1-3, kan du se at det er mange oppholdssteder i himmelen, og Jesus Kristus har dratt for å lage istand et sted til deg i himmelen.

"Eders hjerte forferdes ikke! Tro på Gud og tro på

Meg. I min Faders hus er det mange rom; var det ikke så, da hadde jeg sagt dere det; for jeg går bort for å berede deres sted. Når jeg er gått bort og beredt dere sted, kommer jeg igjen og vil ta dere til meg, forat også dere skal være der jeg er."

Herren Dro For å Lage Istand Til Ditt Himmelske Bosted

Jesus fortalte Hans disipler om de tingene som ville skje like før Han ble fanget for korsfestelsen. Han så på Hans disipler, som hadde blitt engstelige etter at de hadde hørt om Judas Iscariots forræderi, Peters nektelse, og Jesus død, og trøstet dem ved å fortelle dem om oppholdsstedene i himmelen.

Det er derfor Han sa, *"I min Faders hus er det mange rom; var det ikke så, da hadde jeg sagt dere det; for jeg går bort for å berede derse sted."* Jesus ble korsfestet og oppsto virkelig etter tre dager, og brøt dødens makt. Og etter førti dager, steg Han opp til himmelen mens mennesker så på, for å gjøre istand himmelske steder til deg.

Så hva menes det så at "Jeg går og gjør istand et sted til deg?" Akkurat som det ble skrevet i Johannes 2:2, *"[Jesus] Han er en soning for våre synder, men ikke bare for våre, men og for hele verdens,"* betyr det at Jesus brøt ned veggen med synder mellom mennesker og Gud, så alle og enhver kan være i besittelse av himmelen gjennom troen.

Uten Jesus Kristus, kunne ikke veggen med syndene mellom Gud og deg ikke falt sammen. I det Gamle Testamentet, når en mann begikk synder, ofret han et dyr som offer for å sone for hans synder. Men Jesus gjorde det mulig for deg å bli tilgitt dine synder og til å bli hellig ved å ofre seg selv som et engangs offer (Hebreerne 10:12-14).

Bare gjennom Jesus Kristus, kan veggen med syndene mellom Gud og deg falle sammen, og du kan motta velsignelsen med å komme til himmelrike og nyte det vakre og lykkelige evige livet.

I Min Faders Hus Er Det Mange Oppholdssteder

Jesus sier i Johannes 14:2, *"I min Faders hus er det mange rom; var det ikke så, da hadde jeg sagt dere det; for jeg går bort for å berede dere sted."* Herrens hjerte som vil at alle skal bli felst er smeltet i dette verset. Hva er forøvrig grunnen til at Jesus sa "I min Faders hus," istedenfor å si "i himmelens kongerike"? Det er på grunn av at Gud ikke vil ha "innbyggere" men "barn" som Han alltid kan dele Hans kjærlighet med akkurat som en Far.

Himmelrike er styrt av Gud og er stort nok til å romme alle de som er frelset med troen. Det er også slikt et vakkert og fantastisk sted som ikke kan bli sammenlignet med denne verdenen. I himmelens kongerike, som har en utrolig størrelse, det vakreste og deiligste stedet er det nye Jerusalem hvor Guds Trone er. Akkurat som det Blå Huset ligger i Seoul, hovedstaden i Korea, og det Hvite Hus ligger i Washington, D.C., amerikas hovedstad, hvor presidentene i hvert land bor, i det nye Jerusalem er det Guds Trone.

Så hvor er det nye Jerusalem? Det er midt i himmelen, og det stedet hvor menneskene som har tro, og som tilfredsstiller Gud, vil leve i all evighet. Omvendt er den ytterste delen av himmelen

Paradiset. Akkurat som den ene forbryteren ved siden av Jesus på korset, som aksepterte Jesus Kristus og som ble frelst. De som bare aksepterte Jesus Kristus og ikke gjorde noe for Guds kongerike vil forbli der.

Himmelrike Vil Bli Gitt Ifølge Troens Målestokk

Hvorfor har Gud gjort istand mange bosteder i himmelen for Hans barn? Gud er rettferdig og lar deg høste hva du sår (Galatierne 6:7), og belønner hver person ifølge hva han har gjort (Matteus 16:27; Johannes åpenbaring 2:23). Derfor laget Han istand bostedene ifølge troens målestokk.

Paulus' brev til romerne 12:3 legger merke til at, *"For ved den nåde som er meg gitt, sier jeg til enhver iblandt dere at han ikke skal tenke høyere enn han bør tenke, men tenke så at han tenker sindig, alt etter som Gud har tilmålt enhver hans mål av tro."*

Derfor burde du innse at oppholdsstedet og æren til hver person i himmelen vil være forskjellig ifra hans måling av troen.

Avhengig av i hvilken utstrekning du ligner på Guds hjerte, vil ditt bosted bli bestemt deretter. Bostedet i den evige himmelen vil bli fastsatt ifølge hvor mye himmelsk du har fullført i ditt hjerte som en åndelig person.

La oss for eksempel si at et barn og en voksen konkurrerer i en idretts begivenhet eller at de har en diskusjon. Barnas verden og de voksnes verden er så forskjellig at barn vil ganske snart synes det er kjedelig å være sammen med de voksne. For barn, måten de tenker på, språket, og gjerningene er veldig forskjellige fra de voksnes. Det ville være morsomt når barn lekte med andre barn, ungdom med andre ungdom, og voksne med andre voksne.

Dette er det samme åndelig. Siden alles ånd er forskjellig, Guds kjærlighet og rettferdighet har delt opp himmelens bosteder ifølge troens målestokk slik at Hans barn vil leve lykkelig.

Herren Kommer Etter at Han Har Gjort Istand Himmelske Bosteder

I Johannes evangeliet 14:3, lover Herren at Han vil komme tilbake og ta deg med til himmelens kongerike etter at Han er ferdig med å gjøre istand bostedene i himmelrike.

La oss si at det var en mann som en gang mottok Guds nåde og hadde mange belønninger i himmelen fordi han var trofast. Men hvis han går tilbake til denne verden, faller han fra frelsen og vil ende opp i helvete. Og hans mange belønninger i himmelen vil bli ubrukelige. Selv om han ikke drar til helvete, vil hans belønninger fremdeles bli til ingenting.

Noen ganger hvis han svikter Gud ved å vanære Ham selv om han en gang var trofast, eller hvis han faller tilbake et nivå eller blir på det samme nivået i hans kristne liv selv om han burde gjøre fremskritt, ville hans belønninger forsvinne.

Likevel vil Herren huske alt arbeide du har gjort og hvor hardt du har prøvd på Guds kongerike, ved å være trofast. Hvis du også renser ditt hjerte ved å omskjære det i den Hellige Ånd, vil du være med Herren når Han kommer tilbake og du vil bli velsignet til å oppholde deg på et sted som skinner akkurat som solen i himmelen. På grunn av at Herren vil at alle Guds barn skal være perfekte, sa Han, *"Når jeg er gått bort og beredt deres sted, kommer jeg igjen og vil ta dere til meg, forat også dere skal være der jeg er."* Jesus vil at du skal vaske deg akkurat som Herren gjør det, og ved å holde fast på dette ordet med håp.

Når Jesus fullstendig fullførte Guds vilje og æret Ham meget høyt, æret Gud Jesus og ga Ham et nytt navn: "Konge av alle konger, Herre over alle herrer." På samme måte, like mye som du ærer Gud i denne verdenen, vil Gud føre deg til ære. Til den utstrekning hvor du helt ligner Gud og er elsket av Gud, vil du leve nærmere Guds Trone i himmelen.

Bostedene i himmelen venter på deres herrer, Guds barn, akkurat som brudene som er klare til å motta deres brudegommer. Derfor skriver apostelen Johannes i Johannes åpenbaring 21:2, *"Og jeg så den hellige stad, det nye Jerusalem, stige ned av himmelen fra Gud, gjort i stand som en brud som er prydet for sin brudgom."*

Selv det beste bryllupet i denne verdenen for en vakker brud, kan ikke sammenlignes med velværen og lykken til bostedet i himmelen. Husene i himmelen har alt og gir alt ved å lese herrenes tanker slik at de kan leve lykkelig i all evighet.

Salomos ordspråk 17:3 noterer, *"Der er digel for sølv og ovn for gull; men den som prøver hjertene, er Herren."* Derfor ber jeg i Herren Jesus Kristi navn at du innser at Gud renser menneskene for å gjøre dem til Hans sanne barn, helliggjør deg selv med håpet om det nye Jerusalem, og gå kraftig mot den beste himmelen ved å være trofaste i alle Guds hus.

5. Kapittel

Hvordan Vil Vi Bo i Himmelrike?

1. Den Generelle Livsstilen i Himmelen
2. Klærne i Himmelen
3. Maten i Himmelen
4. Fremkomstmiddellet i Himmelen
5. Underholdningen i Himmelen
6. Religionslære, Utdannelse, og Kulturen i Himmelen

*Og der er himmelske legemer,
og der er jordiske legemer;
men en herlighet har de himmelske legemer,
en annen de jordiske.
En glans har solen,
og en annen månen,
og en annen stjernene;
for den ene stjerne skiller seg fra
den andre i glans.*

- I. Korintierne 15:40-41 -

Lykken i himmelen kan ikke engang sammenlignes med de beste og mest nydelige tingene på denne jorden. Selv om du nyter deg selv, med dine elskede på en strand med horisonten i syne, er slik en lykke bare kortvarig og ikke sann. Bak i dine tanker, er du fremdeles bekymret om ting som du møter etter at du har kommet tilbake til ditt dagligdagsliv. Hvis du gjentar et slikt liv i en måned eller to, eller i et år, vil du snart kjede deg og begynne å se etter noe nytt.

Men likevel er livet i himmelen, hvor alt er like klart og vakkert som krystall, selve lykken fordi alt er hele tiden nytt, mystisk, gledelig og lykkelig. Du kan ha herlige tider med Gud Faderen og Herren, eller du kan nyte dine hobbier, yndlings leker, og alle andre interesante ting så mye du vil. La oss se på hvordan Guds barn vil leve når de kommer til himmelen.

1. Den Generelle Livsstilen i Himmelen

Akkurat som din fysiske kropp vil endre seg til en åndelig kropp, som består av ånden, sjelen og kroppen i himmelen, vil du kunne gjenkjenne din kone, mann, barn, og foreldre her på jorden. Du vil også gjenkjenne din hyrde og din flokk her på jorden. Og du kan også huske hva som har blitt glemt på denne jorden. Du vil være veldig klok fordi du vil kunne atskille og forstå Guds vilje.

Noen vil kanskje undre, 'Vil alle mine synder bli synlige i himmelen?" Dette vil ikke skje. Hvis du allerede har angret, vil

Gud ikke huske dine synder mere enn han husker hvor langt øst er fra west (Salmenes bok 103:12), men vil bare huske dine gode gjerninger fordi alle dine synder vil allerede ha blitt tilgitt innen du kommer til himmelen.

Når du kommer til himmelen, hvordan vil du så endre deg og hvordan vil du leve?

Den Himmelske Kroppen

Mennesker og dyr på denne jorden har hver sin egen form slik at alle de levende ting kan bli gjenkjennt samme om det er en elefant, en løve, en ørn, eller et menneske.

Akkurat som det er en kropp med dens egen form i denne tredimensjonelle verdenen, er det en unik kropp i himmelen, som er i en fire-dimensjonell verden. Dette er kalt den himmelske kroppen. I himmelen vil dere gjenkjenne hverandre på grunn av dette. Så hvordan vil en himmelsk kropp se ut?

Når Herren kommer tilbake til luften, vil hver av dere endre dere til den gjenopplivede kroppen som er den åndelige kroppen. Denne gjenopplivede kroppen vil bli forvandlet til en himmelsk kropp, som er på et høyere nivå, etter den Store Dommen. Ifølge hver persons belønninger, vil ærens lys som skinner fra denne himmelske kroppen bli forskjellig.

En himmelsk kropp har ben og kjøtt akkurat som kroppen til Jesus like etter Hans oppståelse (Johannes evangeliet 20:27), men det er den nye kroppen som inneholder ånden, sjelen, og en udødelig kropp. Vår dødelige kropp endrer seg til en ny kropp ved Guds ord og makt.

Den himmelske kroppen som inneholder de evige udødelige

benene og kjøttet vil skinne på grunn av at det er friskt og rent. Selv om en savner en arm eller et ben, eller er funksjonshemmet, den himmelske kroppen vil friskne til akkurat som en frisk kropp.

Den himmelske kroppen er ikke like svak som en skygge, men har en klar form, og er ikke kontrollert av tid og sted. Det er derfor Han kan gå fritt gjennom veggene når Jesus kom til syne foran disiplene etter Hans oppståelse (Johannes evangeliet 21:26).

Kroppen i denne verden vil ha rynker og bli røff når den blir kald, men den himmelske kroppen vil være oppfriskende akkurat som en udødelig kropp slik at den alltid vil holde seg ung og skinne akkurat som solen.

33 År Gammel

Mange mennesker lurer på om den himmelske kroppen er like stor som en voksen kropp eller så liten som et barns. I himmelen er alle, samme om de døde unge eller gamle, ha den evige ungdom av 33 år gammel, som var alderen til Jesus når Han ble korsfestet på denne jorden.

Hvorfor lar Gud deg leve som en 33 åring for resten av livet? Akkurat som når solen er klarest ved middagstider, høydepunktet i ens liv er rundt 33 års alderen.

De som er yngre enn 30 kan være litt uerfarne og umodne, og de som er over 40 mister deres energi når de blir eldre. Likevel rundt 33 års alderen, er menneskene modne og vakre på alle måter. De fleste av dem gifter seg også, føder og oppbringer barna slik at de forstår til en viss grad, Guds hjerte som kultiverer menneskene på denne jorden. På denne måten, endrer Gud deg til en himmelsk kropp slik at du vil holde deg ung som en 33 åring, menneskenes beste alder, i all evighet i himmelen.

Det Er Ikke Noen Biologiske Forhold

Hvis du bor i himmelen for alltid med det fysiske utseende du hadde når du forlot denne verdenen, hvor rart ville det ikke være? La oss si at en mann døde når han var 40 år gammel, og kom til himmelen. Hans sønn kom til himmelen når han var 50 år gammel, og hans barnebarn døde og dro til himelen når han var 90 år gammel. Når de alle møter hverandre i himmelen, ville barnebarnet bli den eldste, og bestefaren ville være den yngste.

Derfor vil alle bli 33 år gamle i himmelen hvor Gud styrer med Hans rettferdighet og kjærlighet, og de biologiske eller fysiske forholdene til denne jorden ville ikke ha noe å si.

Ingen kaller hverandre 'far', 'mor', 'sønn', eller 'datter' i himmelen fordi om de var foreldre og barn på denne jorden. Det er på grunn av at alle er brødre eller søstre til hverandre som Guds barn. Siden de vet at de har vært foreldre og barn på denne jorden og elsket hverandre veldig mye, kan de ha høyere kjærlighet for hverandre.

Hva hvis moren kom til det Andre Kongedømme i himmelen og hennes sønn kom til det nye Jerusalem? På denne jorden må selvfølgelig sønnen tjene sin mor. Men i himmelen, vil moren bøye seg for sønnen fordi han ligner mere på Gud Faderen, og lyset som kommer ut fra hans himmelske kropp vil være mye klarere enn hennes eget.

Derfor kaller du ikke andre ved navn eller titler som du brukte på denne jorden, men Gud Faderen gir alle nye, egnete navn som har en åndelig mening. Til og med på denne jorden forandret Gud navnet Abram til Abraham, Sarai til Sarah, og Jakob til Israel, som menes at Han hadde kjempet med Gud, og hadde seiret.

Forskjellen mellom Menn og Kvinner i Himmelen

I himmelen er det ikke noe ekteskap, men det er fremdeles en stor forskjell mellom menn og kvinner. Først og fremst er mennenes høyde opp til mellom en meter og ni cm og kvinnene er rundt 10 cm kortere.

Noen mennesker er så bekymret for at de er for korte eller for lange, men de har ikke noen slike bekymringer i himmelen. Det er heller ingen grunn til å bekymre seg for ens vekt på grunn av at alle vil ha den vekten som er best passende for deres vakre form.

En himmelsk kropp kan ikke føle noen som helst vekt selv om det virker som om den har vekt, slik at hvis en spaserer på blomster, blir de ikke trykket ned eller falt sammen. En himmelsk kropp kan ikke bli veid, men vinden kan ikke blåse den bort fordi den er veldig stabil. Å ha vekt selv om du ikke kan føle det betyr at den har en form og et utseende. Det er akkurat som når du løfter opp et ark, du føler ingen vekt men du vet at den har en vekt.

Håret er lyst med litt krøller. Mennenes hår kommer ned til nakken, men kvinnenes hårlengder er forskjellige. Å ha langt hår for en kvinne betyr at hun har mottatt store belønninger, og det lengste håret kommer ned til livet. Derfor er det en stor ære å ha langt hår for kvinner (Korintiernes 1. brev 11:15).

På denne jorden, håper og prøver de fleste kvinner å ha en hvit og myk hud. De smører på kosmetiske produkter for å holde deres hud stram og myk uten rynker. I himmelen, vil alle ha en flekkefri hud som er hvit, klar, og ren, og som skinner med ærens lys.

Dessuten, siden det ikke er noe ondskap i himmelen, behøver en ikke å ta på seg sminke eller bekymre seg for sitt utseende fordi alt ser vakkert ut der. Ærens lys som kommer ifra den himmelske kroppen vil skinne hvitere, klarere, og sterkere ifølge hvor mye hver og en blir fullstendig renset, og hvor mye de vil ligne Herrens hjerte. Rekkefølgen vil også bli bestemt og vedlikeholdt av dette.

Hjerte til de Himmelske Menneskene

Menneskene med den himmelske kroppen har hjertet til selve ånden, som ligger i den guddommelige naturen og ikke har noen som helst ondskap. Akkurat som når mennesker vil ha og ta på alt det som er vakkert på denne jorden, selv hjertet til de menneskene med den himmelske kroppen vil gjerne føle på andres skjønnhet, og se på dem og ta på dem med fryd. Men fremdeles er det ikke noen grådighet eller sjalusi i det hele tatt.

Mennesker forandrer seg også til deres egen fordel på denne jorden, og de blir trette av de tingene, selv om de er vakre og gode ting. Hjertet til menneskene med den himmelske kroppen har ingen sluhet og forandres aldri.

For eksempel, mennesker på denne jorden som er fattige kan

til og med spise god billig og lav kvalitets mat. Hvis de blir litt rikere, er de ikke fornøyde med hva de før syntes var deilig og fortsetter med å se etter bedre mat. Hvis du kjøper nye leker til barn, er de veldig glade i begynnelsen, men etter flere dager vil de føle motstrid for den og se etter en ny leke. I himmelen er det derimot ingen slike tanker, slik at hvis du liker noe en gang, vil du alltid like det.

2. Klærne i Himmelen

Noen vil kanskje tro at klærne i himmelen vil være de samme, men det er ikke riktig. Gud er Skaperen, og den Rettferdige Dommeren som gir tilbake ifølge hva du har oppnådd. Akkurat som at belønningene i himmelen er forskjellige, er også klærne forskjellige ifølge dine gjerninger mens du var på jorden (Johannes' åpenbaring 22:12). Så, hva slags klær ville du så ha på deg i himmelen og hvordan ville du pynte dem?

Himmelske Klær med Forskjellige Farver og Mønster

I himmelen har alle generelt på seg klare, hvite, og skinnende klær. De er myke som silke og like lette som om de ikke ville hatt noen som helst vekt, og svinger vakkert.

På grunn av forskjellen av hvor mye hver og en er renset, er lysene og styrken som kommer ut ifra klærne forskjellige. Det mere en ligner på Guds hellige hjerte, det klarere og mere strålende vil hans klær skinne.

Også, avhengig av hvor mye du arbeidet for Guds kongerike

og hvor mye de æret Ham, vil du således få forskjellige slags mønster og stoff.

På denne jorden har mennesker forskjellige slags klær ifølge deres sosiale og økonomiske status. I himmelen vil du dessuten ha klær med flere farver og mønster, etterhvert som du kommer inn i høyere stilling i himmelen. Frisyrer og tilbehør er også forskjellig.

Dessuten i gamle dager ville mennesker bli klare over deres samfunnsklasser bare ved å se på farvene av deres klær. Samtidig kan himmelske mennesker kjenne igjen plasseringen og hvor mye belønninger som er gitt til hver person i himmelen. Å ha på seg klær med spesielle farver og mønster som er forskjellig ifra andre betyr at han har mottat den større ære.

De som har kommet inn i det nye Jerusalem eller bidratt med mye for Guds kongerike vil motta det vakreste, mest fargerike, og flotte klær.

På den ene side, hvis du ikke har gjort mye for Guds kongerike, vil du bare motta et par klær i himmelen. På den annen side, hvis du har arbeidet så mye med troen og kjærligheten, vil du kunne motta mange klær i mange forskjellige farver og mønster.

Himmelske Klær med Forskjellige Mønster

Gud vil gi klær med forskjellige mønster for å vise æren til hver og en. Akkurat som en tidligere kongefamilie viste deres stilling ved å sette spesielle dekorasjoner på klærne deres, vil klærne i himmelen med forskjellige dekorasjoner vise ens himmelske stilling og ære.

Det er dekorasjoner med takknemlighet, lovprisning, bønner, glede, ære, og så videre som kan bli sydd inn i klærne i himmelen. Når du synger lovprisninger i dette livet med den takknemlige tanke om Gud Faderen og Herrens kjærlighet og nåde, eller når du synger for å gi ære til Gud, mottar Han ditt hjerte som en vakker duft og Han setter dekorasjonen med æren på dine klær i himmelen.

Gledens dekorasjoner og takknemligheter vil bli plasert vakkert for de menneskene som har virkelig vært lykkelige og takknemlig i deres hjerter ved å huske Gud Faderens ære som ga evig liv og himmelens kongerike selv under sorg og prøver på jorden.

Deretter vil bønnens dekorasjon bli satt for de som ba med deres liv for Guds kongerike. Men blandt alle disse er derimot den vakreste dekorasjonen, ærens dekorasjon. Dette er den vanskeligste å tjene. Dette er bare gitt til de som ga alt for Guds ære helt inne fra deres hjerter. Bare en konge eller en president gir en spesiell medalje eller æresmedalje i belønning til en soldat som har gitt fremstående tjeneste. Denne dekorasjonen av ære er spesielt gitt til de som arbeidet uslitelig og veldig mye for Guds kongerike og ga Ham stor ære. Den som tar på seg klærne med ærens dekorasjoner er en av de mest adelige av dem alle i himmelens kongerike.

Kroner og Juveler som Belønninger

Det er mangfoldige juveler i himmelen. Og noen juveler er gitt i belønning og blir satt på klærne. I Boken om Åpenbaringen kan du lese at Herren har på seg en gullkrone og et skulderskjerf rundt Hans bryst, og disse er også belønninger som har blitt gitt til Ham av Gud.

Bibelen prater om mange slags kroner. Standarden for å kunne motta kroner og kronenes verdi er forskjellig fordi de er gitt som belønninger.

Det er mange slags kroner som er gitt ifølge hver persons gjerninger som for eksempel en krone som ikke kan brekkes som blir gitt til de som konkurrerer i spill (Korintiernes 1. brev 9:25), ærens krone som blir gitt til de som ærer Gud (Peters 1. brev 5:4), livets krone som blir gitt til de som var trofaste helt til de døde (Jakobs brev 1:12; Johannes åpenbaring 2:10), den gylne kronen som de 24 eldre har på seg rundt Guds Trone (Johannes åpenbaring 4:4; 14:14), og rettferdighets kronen som apostelen Paulus lengtet etter (Paulus' 2. brev til Timoteus 4:8).

Det er også kroner av mange former som er dekorerte med juveler slik som den gull dekorerte kronen, kronen av blomster, kronen av perler, og så videre. I henhold til hva slags krone en mottar, kan du gjenkjenne hans hellighet og belønninger.

På denne jorden kan hvem som helst kjøpe juveler hvis han har penger, men i himmelen kan du bare ha juveler når de blir gitt til deg som belønninger. Omstendigheter som hvor mange mennesker som du førte til frelse, hvor mye av det du ofret som virkelig kom ifra hjerte, og hvor mye trofasthet du har bestemmer om de forskjellige slags belønninger som blir gitt. Derfor må juvelene og kronene være forskjellige fordi de er gitt ifølge hver persons gjerninger. Lyset, skjønnheten, herligheten, og antall juveler og kroner er også forskjellig.

Det er det samme med bostedene og husene i himmelen. Bostedene er forskjellig ifølge hver persons tro; deres størrelse, skjønnheten, klarheten av gullet og andre juveler til privatboligene er også alle forskjellige. Du vil kunne se nærnere på disse tingene angående himmelrikets bosteder fra 6. kapittel og videre.

3. Maten i Himmelen

Når den første mannen Adam og Eva bodde i Edens Have, spiste de bare frukt og sådde planter (Første Mosebok 1:29). Men etter at Adam og Eva ble drevet ut fra Edens Have, på grunn av at de var ulydige, begynte de å spise plantene fra jordet. Etter den mektige syndfloden, kunne mennesker spise kjøtt. På denne måten, ettersom menneskene ble ondere, type mat har også forandret seg.

Hva vil du så spise i himmelen, hvor det ikke er noe som helst ondskap i det hele tatt? Noen undrer også på om den himmelske kroppen også må spise. I himmelrike kan du drikke Livets Vann, og spise eller lukte mange slags frukter for å bli glad.

Pusten Til De Himmelske Legemer

Akkurat som vi mennesker på jorden puster, puster også de himmelske legemene i himmelen. Selvfølgelig trenger ikke det himmelske legemeet å puste i det hele tatt, men det kan hvile mens det puster, akkurat som du gjør det på denne jorden. Så det kan ikke bare puste gjennom nesen og munnen, men også med dens øyne eller gjennom alle cellene i kroppen, eller også med hjertet.

Gud puster røkelsen fra våre hjerter fordi Han er selve Ånden. Han var fornøyd med offrene til de rettferdige menneskene og kjente den søte duften fra deres hjerter i det Gamle Testamentets tider (Første Mosebok 8:21). I det Nye Testamentet, ga Jesus, som er ren og flekkefri, seg selv for oss, som en gave og et offer til Gud som en velbehagende duft (Paulus brev til Efeserne 5:2).

Derfor mottar Gud duften av ditt hjerte når du holder gudstjeneste, eller ber og synger med et sant hjerte. Like mye som du ligner Herren og blir rettferdig, kan du spre aromaen til Kristus, og få tilbake det tidligere offeret som du ga til Gud. Gud mottar dine lovprisninger og bønner med velsignelse gjennom pusten.

I Matteus 26:29, ser du at Herren ber for deg helt fra dagen Han dro opp til himmelen, uten å spise noe de to siste millenium. Likeledes kan det himmelske legemeet leve uten å hverken spise eller puste. Du vil selv leve i all evighet når du drar til himmelen fordi du vil endre deg til et åndelig legeme som aldri vil dø.

Når det himmelske legemeet puster, kan den imidlertidig føle mere glede og lykke, og ånden blir forynget og blir nytt igjen. Akkurat som når menneskene har en allsidig kost for å beholde deres helse, den himmelske kroppen nyter lukten av den velluktende aromaen i himmelen.

Så når mange slags blomster og frukt gir fra seg deres aroma, det himmelske legemeet puster in aromaen. Selv om blomstene gir ut den samme aromaen over og over igjen, vil den alltid føle seg lykkelig og tilfreds.

Når en himmelsk kropp mottar den søte aromaen av blomster og frukt, vil aromaen trekke seg inn i kroppen som parfyme. Kroppen gir aromaen helt til den forsvinner fullstendig. Akkurat som når du føler deg godt når du tar på deg parfyme her i verden, vil det bli lykkeligere å kjenne lukten av den himmelske kroppen på grunn av den søte aromaen.

Å Puste Ut

Hvordan spiser og fortsetter menneskene deres liv i himmelrike? I Bibelen ser du at Herren oppsto foran Hans disipler etter Hans oppståelse, og enten pustet ut (Johannes evangeliet 20:22), eller hadde litt mat (Johannes evangeliet 21:12-15). Grunnen til at den oppståtte Herren hadde litt mat var ikke på grunn av at Han var sulten, men for å dele lykken med disiplene og for å la deg vite at du også ville spise i himmelrike som et himmelsk legeme. Det er på grunn av dette at Bibelen skrev at Jesus Kristus hadde litt brød og fisk til frokost etter Hans oppståelse.

Så, hvorfor forteller Bibelen deg at Herren pustet ut etter at Han ble vekket opp fra de døde? Når du spiser mat i himmelen, blir det oppløst med det samme og kommer ut gjennom pusten. I himmelen vil maten gå i oppløsning med en gang og kommer ut av kroppen gjennom pusten. Så en trenger ikke utskillelse eller toaletter. Hvor komfortabelt og vidunderlig er det ikke at maten som du har spist kommer ut fra kroppen gjennom pusten som en arome og blir borte!

4. Fremkomstmiddellet i Himmelen

Gjennom menneskenes historie, ettersom sivilisasjonen og

vitenskapen utviklet seg, har det vært oppfunnet hurtige og flere komfortable transport muligheter som for eksempel kjerrer, vogner, biler, skip, tog, fly, og så videre.

Det er mange slags fremkomstmidler i himmelen også. Det er et offentlig transport system akkurat som himmelens tog og private fremkomstmidler som skybiler og gyldne vogner.

I himmelen, kan det himmelske legemeet gå veldig fort eller til og med fly fordi det går utenom tid og sted, men det er gøyre og herligere å bruke fremkomstmiddelet som er gitt til deg i belønning.

Reiser og Fremkomstmiddel i Himmelen

Hvor lykkelig og gledelig ville det ikke være hvis du kunne reise og se deg rundt omkring overalt i himmelen og se alle de nydelige og vidunderlige tingene som Gud har laget!

Alle hjørnene i himmelen har en spesiell skjønnhet, så du kan nyte hver eneste del av det. Men fordi hjertet til det himmelske legeme aldri endrer seg, kjeder det seg aldri og blir aldri trett av å besøke de samme stedene om igjen. Så å reise i himmelen er alltid en morsom og interesant ting.

Det himmelske legeme behøver ikke nødvendigvis å ha noen form for transportmiddel fordi det aldri blir slitent og det kan også fly. Men ved å bruke forskjellige slags kjøretøy vil det bare føles mere komfortabelt. Det er akkurat som å kjøre med buss er litt mer komfortabelt enn å spasere, og å kjøre taxi eller bil er litt mer komfortabelt enn å kjøre buss eller undergrunden her på jorden.

Så hvis du kjører med toget i himmelen, som er dekorert

med mange farver juveler, kan du gå til ditt reisemål selv uten jernbane, og det kan flytte seg fritt fra høyre til venstre, og til og med opp og ned.

Når menneskene i Paradiset drar til det nye Jerusalem, vil de kjøre med himmelens tog fordi de to stedene er ganske langt fra hverandre. Dette er med stor henrykkelse for passasjerene. Å fly gjennom sterke lys, kan de se de vakre landskapene i himmelen gjennom vinduene. De føler seg bare lykkeligere ved tanken på å se Gud Faderen.

Blandt fremkomstmidlene i himmelen, den gylne vognen er til en spesiell person i det nye Jerusalem for å kjøre rundt i når han kjører rundt i himmelen. Den har hvite vinger, og det er en knapp på innsiden. Med den knappen, vil den kjøre automatisk, og den kan enten kjøre eller til og med fly ifølge hva eieren ønsker.

Sky bil

Skyene i himmelen er som en dekorasjon som er blitt laget til skjønnheten i himmelen. Så når det himmelske legeme drar steder med skyene rundt en, skinner legemeet mere enn hvis det skulle reise uten skyene. Det kan også få andre til å føle og ære selvrespekten, æren, og autoriteten til det skyggede åndelige legeme.

Bibelen sier at Herren kommer med skyene (Paulus 1. brev til Tessalonikerne 4:16-17), og dette er på grunn av at å komme med skyenes ære er mye mere majestetisk, verdig, og vakkert enn å komme i luften uten noe som helst. På samme måte eksisterer skyene i himmelen for å tilføye ære til Guds barn.

Hvis du er kvalifisert til å komme inn til det nye Jerusalem, kan du ha den mere vidunderlige sky bilen. Det er ikke en sky som er formulert som tåkedamp slik som på denne jorden, men den er laget av ærens sky i himmelen.

Sky bilen viser æren, verdigheten, og autoriteten til dens eier. Men ikke alle kan ha en sky bil fordi det blir bare gitt til de som er kvalifiserte til å komme inn i det nye Jerusalem ved å ha vært fullstendig renset og trofast i alle Guds hus.

De som kommer inn i det nye Jerusalem kan reise hvor som helst med Herren og kjøre med denne sky bilen. Under denne reisen, fører og tjener den himmelske verten og englene dem. Det er akkurat som når mange statsrådsmenn tjener en konge eller en prins når han er ute og reiser. Derfor viser ledsageren og tjenesten til den himmelske verten og englene autoriteten og æren til eieren.

Sky bilene er vanligvis drevet av engler. Det er en en-seter for privat bruk, eller flere-seters hvor mange mennesker kan reise sammen. Når en person i det nye Jerusalem spiller golf og flytter seg rundt på banen, en sky bil kommer og stopper ved sin herres føtter. han setter seg inn i den, flytter kjøretøyet seg stille mot ballen.

Tenk på at du flyr i luften, svevende i en sky bil følgende av de hellige vertene og engelene i det nye Jerusalem. Tenk deg også at du kjører en sky bil med Herren, eller om at du reiser rundt om i den vidstrakte store himmelen på toget til himmelen, sammen med dine kjære. Du ville sikkert bli overveldet av glede.

5. Underholdningen i Himmelen

Noen tror kanskje at det ikke er noe gøy å leve som et himmelsk legeme, men det er ikke sant. Du blir trett av eller kan ikke bli fullstendig tilfredstilt med lekene i den fysiske verdenen, men i den åndelige verdenen, "lek" føles alltid nytt og spennende.

Så til og med i denne verdenen, jo mere du fullfører hele ånden, jo dypere kjærlighet kan du erfare og det lykkeligere blir du. I himmelen kan du nyte ikke bare dine hobbier, men også mange slags underholdninger, og den er mye mere fornøyelig og kan ikke sammenlignes med underholdningen på denne jorden.

Å Nyte Hobbier og Leker

Akkurat som når menneskene på denne jorden får deres talent og lager deres liv rikere gjennom deres hobbier, kan du også ha og nyte hobbiene i himmelen. Du kan nyte ikke bare hva du har likt på jorden, men også de tingene som du har avholdt deg fra å nyte for å kunne gjøre Guds arbeide like mye som du vil. Du kan også lære nye ting.

De som er interesterte i musikk instrumenter kan lovprise Gud ved å spille harpe. Eller du kan lære å spille piano, fløyte og mange andre instrumenter, og du kan lære dem veldig hurtig fordi alle blir mye klokere i himmelen.

Du kan også ha samtaler med naturen og himmelske dyr for å få mere nytelse. Til og med planter og dyr kjenner igjen Guds barn, ønsker dem velkommen, og viser deres kjærlighet og respekt for dem.

Videre kan du nyte mange idretter som tennis, basketball,

bowling, golf, og hanggliding, men ikke idrettsarrangement som bryting eller boksing som kan skade andre. Anleggene og utstyrene er ikke farlige i det hele tatt. De er laget av vidunderlige materialer og er dekorert med gull og juveler for å gi mere lykke og glede mens du nyter idretten.

Idrettsutstyrene forstår menneskenes hjerter og gir dem mere glede. For eksempel, hvis du nyter bowling, endrer ballen eller pinnen farve, og setter deres posisjon og distanse akkurat som du vil. Pinnene faller ned med vakre lys og en lykkelig lyd. Hvis du vil tape mot din medspiller, vil pinnene flytte seg ifølge ditt ønske om å gjøre deg lykkeligere.

I himmelen, er det ingen ondskap som vil vinne eller seire over andre. Å gi mere fornøyelse til fordel for andre er å vinne leken. Noen vil kanskje spørre om meningen med leken som hverken har en vinner eller en taper, men i himmelen nyter du ikke av å vinne mot noen. Bare det å leke selve leken er morsomt.

Selvfølgelig er det noen leker som du får glede av gjennom en god og rettferdig konkurranse. For eksempel er det en lek hvor du vinner ifølge hvor mye duft du puster inn fra blomstene, hvor mye du mikser dem sammen på beste måten og gir tilbake den beste duften, og lignende.

Forskjellige Typer Underholdninger

Noen av de som liker leker spør om det er noe slikt som en spillehall i himmelen. Selvfølgelig er det mange leker som er mye mere underholdende enn de på denne jorden.

Lekene i himmelen, i motsetning til de på jorden, vil du aldri bli lei av eller de vil aldri skade ditt syn. Du vil aldri bli lei dem.

Istedenfor vil de fornye deg og gjøre deg fredfull etterpå. Når du vinner eller får det beste poenget, er du lykkeligst og du mister aldri interessen.

Menneskene i himmelen er i himmelske legemer, slik at de aldri føler seg redde for at de skal falle av kjøretøyene i fornøyelsesparker som for eksempel berg-og-dal-baner. De føler bare spenningen og gleden. Så selv de som hadde høydeskrekk her på jorden kan nyte de tingene i himmelen så mye de vil.

Selv om de faller fra berg-og-dal-banen, blir du ikke skadet fordi de har et himmelsk legeme. Du kan lande veldig sikkert akkurat som en mester for kampsporter, eller englene vil beskytte deg. Så tenk deg at du kjører en berg-og-dal-bane, og hyler med Herren, og alle dine kjære. Hvor lykkelig og skjønt ville det ikke være!

6. Religionslære, Utdannelse, og Kulturen i Himmelen

Du behøver ikke å arbeide for mat, klær, og bosted i himmelen. Så noen vil kanskje undre, "Hva skal vi gjøre i all evighet? Vil vi ikke bli hjelpesløse dagdrivere?" Men du trenger ikke å bekymre deg i det hele tatt.

I himmelen er det så mange ting som du kan gledelig nyte. Det er mange slags interessante og spennende aktiviteter og begivenheter som leker, utdannelse, gudstjenester, fester, og festivaler, reiser og idretter.

Du behøver ikke å være med på disse aktivitetene. Alle vil gjøre ting frivillig, og vil gjøre det med glede fordi alt du gjør gir deg masse lykke.

Å holde Gudstjeneste med Glede rett foran Skaperen

Akkurat som du deltar i gudstjenester og tilber Gud på spesielle tider her på jorden, vil du også tilbe Gud på spesielle tider i himmelen. Selvfølgelig forkynner Gud budskapet, og gjennom Hans budskap kan du lære om Guds opprinnelse og det åndelige rike som hverken har en begynnelse eller en slutt.

De som utmerker seg i deres studier, vil generelt se frem til klassene og til å se læreren. Selv i troens liv, ser de som elsker Gud og som tilbeder åndelig og med sannheten frem til forskjellige slags gudstjenester og hører på hyrdens stemme som preker om livets budskap.

Når du kommer til himmelen, har du gleden og lykken med å lovprise Gud og se frem til å høre Guds ord. Du kan høre på Guds ord gjennom gudstjenestene, ha tid til å prate med Gud, eller høre på Herrens budskap. Det er også bedetider. Men du kneeler ikke ned og ber med dine øyne lukket som du gjør her på jorden. Dette er tiden hvor du prater med Gud. Bønner i himmelen er samtaler med Gud Faderen, Herren, og den Hellige Ånd. Hvor lykkelig og skjønne ville ikke de tidene være!

Du kan også lovprise Gud akkurat som du gjør på denne jorden. Likevel er det ikke noe språk som vi har her på denne jorden, men du vil lovprise Gud med nye sanger. De som gikk gjennom prøvene sammen, eller medlemmene fra den samme kirken her på jorden, kommer sammen med deres hyrde for å tilbede og for å ha fellesskap.

Så hvordan ber menneskene sammen i himmelen, spesielt

siden deres bosteder ligger på forskjellige steder i himmelen? I himmelen er lyset av de himmelske legemene forskjellig på hvert bosted, så de låner de passende klærne for å besøke andre steder høyere opp. For å være med på gudstjenester som blir holdt i det nye Jerusalem, som er dekket med ærens lys, må alle menneskene på de andre stedene låne de passende klærne.

Forresten, akkurat som når du kan se på den samme gudstjenesten over antennen fra hele verden samtidig, kan du også gjøre det samme i himmelen. Du kan være med på og se på gudstjenesten som blir holdt i det nye Jerusalem fra alle andre steder i himmelen, men skjermen i himmelen er så naturlig at du vil føle det som om du var med på selve gudstjenesten.

Du kan også invitere troens forfedre som Moses og apostelen Paulus og be sammen. Men du må ha en riktig åndelig autoritet for å kunne invitere disse fornemme menneskene.

Å lære om Nye og Dype Åndelige Hemmeligheter

Guds barn lærer om mange åndelige ting mens de blir oppdratt her på jorden, men det de lærer her er bare et lite steg av hva de må gjøre for å komme til himmelen. Etter at de har kommet inn i himmelen, begynner de å lære om den nye verdenen.

For eksempel, når de som tror på Jesus Kristi dør, untatt de som drar til det nye Jerusalem, satt i området som ligger på utkanten av Paradiset, ville de begynne å lære om etiketter og reglene i himmelen fra englene.

Akkurat som menneskene på denne jorden må bli utdannet for å tilpasse seg samfunnet etter som de vokser, for å kunne leve i den nye verdenen til det åndelige rike, må du ha blitt lært i detaljer om hvordan du skal oppføre deg.

Noen lurer kanskje på hvorfor de fremdeles må studere i himmelen, siden de allerede har lært mange ting her på jorden. Å lære på denne jorden er en åndelig trenings prosess, og den virkelige læringen begynner bare etter at du har kommet inn i himmelen.

Likeledes er det heller aldri noen begrensning med hvor mye en kan lære fordi Guds rike er ubegrenset og varer i all evighet. Samme hvor mye du lærer, kan du ikke lære alt om Gud som har vært her siden før begynnelsen av tiden. Du vil aldri fult ut kjenne Guds dypde som har alltid har vært til stede, og som har kontrollert hele universet og alle tingene i den, og som vil bli der i all evighet.

Derfor kan du innse at det er mangfoldige ting å lære hvis du går inn i det ubegrensede åndelige riket, og åndelig lære er veldig interesant og moro, i motsetning til annen lære i denne verdenen.

For øvrig er åndelig lære aldri obligatorisk og det finnes ingen prøve. Du glemmer aldri hva du lærer, så det blir aldri hardt eller utmattende. Du vil aldri kjede deg eller være sløv i himmelen. Du vil bare være lykkelig for å lære vidunderlige og nye ting.

Fester, Middager, og Underholdninger

Det er mange slags fester og underholdningsmidler i himmelen også. Disse festene er høydepunktene til gleden i himmelen. Det er her du nyter fornøyelse og glede ved å med en gang se på rikdommen, friheten, skjønnheten, og æren i himmelen.

Akkurat som menneskene på denne jorden pynter seg veldig fint for å dra til innflytelsesrike fester, og spise, drikke, og nyte de beste tingene, kan du ha fester med mennesker som pynter seg veldig flott. Festene er fyllt med nydelige danser, sanger, og lyden av lykkelig latter.

Det er også steder som Carnegie Hall i New York eller Sydney Opera Hus i Australia hvor du kan nyte forskjellige undeholdninger. Underholdningene i himmelen er ikke for å skryte av seg selv, men bare for å lovprise Gud, gi glede og lykke til Herren og dele dem med andre.

Skuespillerne er for det meste de som lovpriset Gud meget høyt med ros, dans, musikk instrumenter, og spill her på jorden. Noen ganger vil disse menneskene utføre det samme musikk stykket som de utførte på jorden. Eller de som gjerne ville gjøre disse tingene på jorden, men kunne ikke gjøre det på grunn av visse omstendigheter, kan lovprise Gud med nye sanger og nye danser i himmelen.

Det er også kinoer hvor du kan se filmer. I det Første eller Andre Kongerike, ser de vanligvis på filmer i offentlige kinoer. I det Tredje Kongerike og det nye Jerusalem, har hver innbygger sitt eget anlegg i huset sitt. Mennesker kan se på filmer alene eller invitere deres kjære til film mens de har litt snacks.

I Bibelen, hadde apostelen Paulus vært i den Tredje Himmelen, men kunne ikke fortelle det til andre (Paulus' 2. brev til Korintierne 12:4). Det er veldig hardt å få mennesker til å forstå himmelen, fordi det er ikke en verden som er godt kjent eller forstått av mennesker. Istedenfor er det en god sjanse at mennesker vil misforstå.

Himmelen tilhører det åndelige rike. Det er veldig mange ting som du ikke kan forstå eller forestille deg i himmelen, hvor det er fullt med lykke og glede som du aldri kan erfare her på jorden.

Gud har laget istand slikt et vakkert himmelrike for deg å leve i, og Han oppmuntrer deg til å ha riktige kvalifikasjoner for å kunne legge det i Bibelen.

Derfor ber jeg i Herrens navn at du kan motta Herren med glede og med riktige kvalifikasjoner som er nødvendig for å få deg klar som Hans vakre brud når Han kommer tilbake.

6. Kapittel

Paradiset

1. Skjønnheten og Lykken i Paradiset
2. Hva Slags Mennesker Kommer til Paradiset?

*Og [Jesus] sa til ham,
"Sannelig sier jeg deg,
idag skal du være med meg i Paradiset."*

- Lukas' evangeliet 23:43 -

Alle de som tror på Jesus Kristi som deres personlige Frelser og som har deres navn skrevet ned i livets bok, vil kunne nyte et evig liv i himmelen. Men jeg har allerede forklart at det er forskjellige trinn for utviklingen av troen, bostedene, kronene, og belønningene som blir utgitt i himmelen, og som vil være avhengig av hvor mye tro hver person har.

De som ligner mere på Guds hjerte, vil bo nærmere Guds Trone, og jo lengere vekk fra Guds Trone de er, jo mindre ligner de på Guds hjerte.

Paradiset er stedet som ligger lengst fra Guds Trone og som har minst mulig lys fra Guds ære, og det er det laveste nivået i himmelen. Men det er fremdeles vakrere enn denne jorden, og til og med vakrere enn Edens Have.

Så hva slags sted er så Paradiset og hva slags folk går dit?

1. Skjønnheten og Lykken i Paradiset

Området på utkanten av Paradiset er brukt som et Ventested for den Store Dommedagen til den Hvite Tronen (Johannes åpenbaring 20:11-12). Untatt de som allerede hadde dratt til det nye Jerusalem etter at de hadde fullført Guds hjerte, og hjelper til med Guds arbeide, alle andre som ble frelst fra begynnelsen av, venter på områder i utkanten av Paradiset.

Så du innser at Paradiset er så vid at dens områder på utkanten blir brukt som Venteplassen til mange mennesker. Fordi om dette Paradiset er det laveste nivået til himmelen, kan dens skjønnhet og glede ikke sammenlignes med stedet her på jorden, som er et sted som er forbannet av Gud.

Fordi det er et sted hvor de kultiverte på denne jorden vil komme til, er det derfor mye mere lykke og glede der enn i Edens Have hvor den første mannen Adam hadde bodd.

La oss nå se på skjønnheten og lykken til Paradiset som Gud har åpenbart og gjort kjent.

Brede Åkre Fulle av Nydelige Dyr og Planter

Paradiset er akkurat som en stor åker, og det er mange vel organiserte jordstykker med gress og vakre haver. Mange engler vedlikeholder og tar vare på disse stedene. Fuglesanger er veldig klare og rene, og de gir gjenlyd gjennom hele Paradiset. De ser nesten akkurat ut som fuglene på denne jorden, men de er litt større og har flere nydelige fjær. Deres gruppesang er veldig vakkert.

Trær og blomster i havene er også veldig friske og vakre. Trær og blomster på denne jorden visner ettersom tiden går, men trærne er alltid grønne og blomstene visner aldri i Paradiset. Når menneskene nærmer seg dem, smiler blomstene, og noen ganger gir de fra seg en enestående og harmonisk duft på lang avstand.

Friske trær bærer mange slags frukter. De er litt større enn fruktene på denne jorden. Skallet er veldig skinnende og de ser veldig delikate ut. Du behøver ikke å skrelle av skallet fordi det er ikke noe støv eller ormer. Hvor vakkert og lykkelig ville ikke bildet være hvor menneskene satt rundt et nydelig jordet og holdt samtaler, med kurver fulle av nydelige og appetittlige

frukter?
Det er også mange dyr på de store jordene. Blandt dem er det også løver som spiser fredfullt av gresset. De er mye større enn løvene på denne jorden, men de er ikke aggressive i det hele tatt. De er veldig vakre fordi de har milde egenskaper og rent, skinnende hår.

Elven med Livets Vann Flyter Stille

Elven med Livets Vann flyter gjennom himmelen, fra det nye Jerusalem til Paradiset, og det hverken fordufter eller blir forurenset. Vannet fra denne elven som kommer ifra Guds Trone og som fornyer alt, representerer Guds hjerte. Det er det klare og vakre sinnet som er flekkefritt, uskyldig og briljant uten noen som helst dunkelhet. Guds hjerte er perfekt og fullstendig på alle måter.

Elven med Livets Vann som flyter stille er akkurat som det blinkende sjøvannet på en solskinsdag som gjenspeiler solskinnet. Det er så klart og gjennomsiktig at det ikke kan bli sammenlignet med noe annet vann på denne jorden. Ved å se det på avstand, ser det blått ut, og det er akkurat som det dype blå Middelhavet eller Atlanteren.

Det er nydelige benker på veiene på hver side av Elven med Livet Vann. Rundt benkene står livets trær som bærer frukt hver måned. Frukten til livets tre er større enn frukten her på jorden, og de lukter og smaker så godt at de kan ikke bli beskrevet godt nok. De smelter som sukkerspinn når du putter en av dem i munnen din.

Ikke Noen Personlige Eiendeler i Paradiset

I himmelen kommer mennenes hår ned til nakken, men kvinnenes hårlengde reflekterer hvor mange belønninger de har fått. Det lengste håret til en kvinne kan komme ned til livet. Folk i Paradiset mottar derimot ingen belønninger, så kvinnenes hår er bare litt lengre enn mennenes.

De har på seg hvite klær som er vevd sammen til en del, men det er ikke noen pynt som en brystnål for klærne eller noen krone eller spenne for håret. Det er på grunn av at de ikke har gjort noe for Guds kongerike når de bodde på denne jorden.

På samme måte, siden ingen av de som går til Paradiset får noen belønninger, har de ikke noe eget hus, krone, pynt, eller engler anvist for å tjene dem. Det er bare et sted hvor åndene som lever i Paradiset kan være. De bor på stedet for å tjene hverandre.

Det er i likhet med Edens Have som ikke har noe privathus for hver beboer, men det er en utrolig stor forskjell i lykkens omfatning mellom de to stedene. Menneskene i Paradiset kan kalle Gud "Abba Faderen" fordi de aksepterte Jesus Kristus og mottok den Hellige Ånd, slik at de føler en lykke som ikke kan bli sammenlignet med lykken i Edens Have.

Derfor er det slik en velsignelse og verdifull ting at du kommer til denne verdenen, erfarer alle slags gode og elendige ting, blir Guds sanne barn, og har tro.

Paradiset Fullt av Lykke og Glede

Til og med livet i Paradiset er fullt av lykke og glede innenfor sannheten fordi det ikke finnes noen ondskap og alle søker etter andres fordel først. Ingen skader noen, men tjener bare hverandre med kjærlighet. Hvor vidunderlig ville ikke dette livet bli?

Og hva mere er, å ikke behøve å engste seg for boligproblemer, klær, og mat, og det faktum at det ikke er noen tårer, sorg, sykdommer, smerter, eller død er også selve lykken.

"Han skal tørke bort hver tåre av deres øyne, og døden skal ikke være mere, og ikke sorg og ikke skrik og ikke pine skal være mere; for de første ting er veket bort" (Johannes' åpenbaring 21:4).

Du ser også at akkurat som det er hovedengler blandt alle englene, er det et hierarki blandt menneskene i Paradiset, dvs. representantene og de representerte. På grunn av at hver enkelt persons tro er forskjellig, de som har større tro blir utnevnt som representanter som skal ta vare på et sted eller en gruppe mennesker.

Disse menneskene har på seg forskjellige klær enn de vanlige menneskene i Paradiset og har prioritet i alt. Dette er ikke urettferdig, men blir fullført ifølge Guds objektive rettferdighet med å gi tilbake ifølge ens gjerninger.

På grunn av at det ikke er noen sjalusi eller misunnelse i himmelen, hater aldri menneskene det eller blir såret når andre får bedre ting. Istedenfor er de lykkelige og glade over å se at andre får fine ting.

Du burde innse at Paradiset er uforlignelig et vakkrere og lykkeligere sted enn på denne jorden.

2. Hva Slags Mennesker Kommer til Paradiset?

Paradiset er et vakkert sted som er skapt innenfor Guds store kjærlighet og nåde. Det er et sted for de som ikke er kvalifiserte nok til å bli kalt Guds sanne barn, men som har hatt kunnskap til Gud og trodd på Jesus Kristus, og kan derfor ikke bli sendt til helvete. Så hva slags mennesker kommer så til Paradiset?

Å Angre Like Før Døden

Først og fremst er Paradiset et sted for de som angrer like før de dør og aksepterte Jesus Kristus for å bli frelst, akkurat som den forbryteren som hang på den ene siden av Jesus. Hvis du leser Lukas' evangeliet 23:39 og videre, vil du finne to forbrytere som ble korsfestet på hver side av Jesus. Den ene forbryteren kastet fornærmelser til Jesus, men den andre forhånte den første, angret, og aksepterte Jesus som sin Frelser. Da fortalte Jesus den andre forbryteren som hadde angret at han hadde blitt frelst. Han sa til forbryteren, "Jeg sier til deg med oppriktighet at idag skal du være med Meg til Paradiset." Denne forbryteren hadde bare nå akseptert Jesus som sin Frelser. Han kastet hverken vekk sine synder eller levde etter Guds ord. Fordi han aksepterte Herren akkurat før han døde, hadde han ikke tid til å lære om Guds ord og leve etter det.

Du bør innse at Paradiset er for de som har akseptert Jesus Kristus, men som ikke har gjort noe for Guds kongerike, akkurat som forbryteren som ble beskrevet i Lukas' evangeliet 23.

Men, hvis du tenker, 'Jeg vil akseptere Herren like før jeg

dør slik at jeg kan komme inn til Paradiset som er så lykkelig og vakkert, og som du ikke kan sammenligne med denne jorden,' er dette galt. Gud tillot den ene forbryteren på den ene siden å bli frelst fordi Han visste at denne forbryteren hadde et godt hjerte til å elske Gud helt til døden og ikke ville svikte Herren hvis Han hadde hatt lenger levetid.

Men ikke alle kan akseptere Herren like før døden, og troen kan ikke bli gitt omgående. Derfor må du innse hvor sjeldent en slik sak er, hvor forbryteren på den ene siden av Jesus ble frelst like før hans død.

Dessuten, mennesker som mottar skammelig frelse har fremdeles mye ondskap i deres hjerter selv når de er frelst, på grunn av at de har levd akkurat som de har hatt lyst til.

De vil alltid bli takknemlige til Gud på grunn av at de er i Paradiset og kan nyte himmelens evige liv bare ved å akseptere Jesus Kristus som deres Frelser, selv om de ikke har gjort noe her på jorden gjennom troen.

Paradiset er veldig forskjellig fra det nye Jerusalem hvor Guds Trone er, men på grunn av at de ikke dro til helvete, men er alene frelst, gjør dem veldig lykkelige og glade.

Mangel på Utvikling av den Åndelige Troen

Annet, selv om mennesker aksepterer Jesus Kristus og har troen, vil de motta den skammelige frelsen og komme til Paradiset akkurat som om det ikke hadde vært noen utvikling i deres tro. Ikke bare de nye troende, men også de som lenge har hatt troen vil komme til Paradiset hvis deres tro forblir på det samme nivået hele tiden.

En gang tillot Gud meg å høre på tilståelsen til en troende som hadde hatt tro i lang tid, og som for tiden oppholder seg på himmelens Ventested på utkanten av Paradiset.

Han ble født inn i en familie som ikke hadde kjent Gud i det hele tatt og som tilba idoler, og han begynte å leve et kristelig liv senere i livet. Men siden han ikke hadde en sann tro, levde han fremdeles innen grensen til syndene og mistet synet på det ene øyet. Han innså hva sann tro er etter at han hadde lest min bok om det skriftlige beviset *Smaken På Det Evige Livet Før Døden,* registrerte seg i denne kirken og kom senere til himmelen mens han levde et kristelig liv i denne kirken.

Jeg kunne høre hans vitnesbyrd som var fylt av glede over å bli frelst og over å komme til Paradiset etter at han hadde lidd så mye sorg, smerter, og sykdommer i løpet av hans liv her på jorden.

"Jeg er så selvstendig og lykkelig for å komme opp hit etter at jeg har blitt kvitt mitt legeme. Jeg forstår ikke hvorfor jeg prøvde å holde på de kjødelige tingene. De var alle meningsløse. Å holde på de kjødelige tingene er veldig meningsløst og ubrukelig siden jeg kom opp hit etter at jeg hadde blitt kvitt mitt legeme.

I løpet av mitt liv på jorden, var det til tider lykke og takknemligheter, skuffelse og fortvilelse. Når jeg ser på meg selv her innenfor denne betryggelsen og lykken, blir jeg minnet på de tidene hvor jeg prøvde å holde på det meningsløse livet og holdt meg selv inne i det meningsløse livet. Men min sjel mangler ikke noe nå som jeg er på dette trygge stedet, og på grunn av at jeg kan være på selve stedet som gir meg frelse bringer meg mye glede.

Jeg føler meg veldig trygg på dette stedet. Jeg er så trygg at jeg kastet vekk mitt legeme, og jeg tok fornøyelse med at jeg har kommet til dette fredfylte stedet etter det utmattede livet på jorden. Jeg var ikke klar over at det var slik en god ting å bli kvitt legeme, men jeg er så fredfull og lykkelig etter å ha blitt kvitt legeme og etter å ha kommet til dette stedet.

Å ikke kunne se, ikke kunne gå, og ikke kunne gjøre mange andre ting var alle en fysisk utfordring for meg på den tiden, men jeg er lykkelig og takknemlig etter at jeg har mottat evig liv og kommet hit fordi jeg føler at jeg kan være på dette fine stedet på grunn av alt dette.

Jeg er ikke i det Første Kongerike, det Andre Kongerike, det Tredje Kongerike, eller det nye Jerusalem. Jeg befinner meg bare i Paradiset, men jeg er så takknemlig og lykkelig for å være i Paradiset.

Min sjel er tilfedstilt med dette.
Min sjel er lovprisende med dette.
Min sjel er lykkelig over dette.
Min sjel er takknemlig for dette.

Jeg er lykkelig og takknemlig fordi jeg var ferdig med det nødlidende og ulykkelige livet og begynte å nyte dette behagelige livet."

Å Ta Et Skritt Tilbake i Troen På Grunn Av Prøvene

Til slutt er det noen mennesker som har vært trofaste, men som gradvis blir likegyldige i deres tro av forskjellige grunner, og som knapt mottar frelse. En av de eldre mennene i kirken min tjente trofast på mange steder i kirken. Så hans tro virket veldig stor på utsiden, men en dag falt han plutselig om forferdelig syk. Han kunne ikke engang snakke og kom for å motta mine bønner. I steden for å be for hans helbredelse, ba jeg heller for hans frelse. På den tiden, led hans sjel veldig mye på grunn av frykten av kampen mellom englene som prøvde å ta ham til himmelen og de onde åndene som prøvde å ta ham til helvete. Hvis han hadde hatt nok tro til å bli frelst, hadde ikke den onde ånden behøvd å komme for å ta ham. Så jeg begynte å be øyeblikkelig om å bli kvitt de onde åndene, og ba til Gud om at Han måtte motta denne mannen. Rett etter denne bønnen, mottok han styrke og begynte å gråte. Han angret like før han døde og ble så vidt det var frelst.

På samme måte, selv om du mottar den Hellige Ånd og blir utpekt til å ha stillingen som en diakon eller en av de eldre, ville det bli skammelig i Guds øyne å leve innenfor syndene. Hvis du ikke snur deg vekk ifra et slikt likegyldig, åndelig liv, vil den Hellige Ånd i deg gradvis forsvinne, og du vil ikke bli frelst.

"Jeg vet om dine gjerninger, at du hverken er kald eller varm; gid du var kald eller varm! Derfor, da du er lunken, og hverken kald eller varm, vil jeg utspy deg av din munn" (Johannes' åpenbaring 3:15-16).

Derfor må du innse at å komme til Paradiset er en virkelig skamful frelse, og du må derfor prøve å være mere entusiastisk og energisk med å vokse i din tro.

Denne mannen hadde en gang blitt frisk etter at han tidligere hadde mottat mine bønner, og til og med hans kone hadde kommet tilbake til livet fra døden gjennom mine bønner. Ved å høre på livets ord, ble hans familie som hadde hatt mange problemer en lykkelig familie igjen. Siden da, hadde han vokst til en av Guds trofaste tjenere gjennom hans anstrengelser og ble trofast i hans tjenester.

Men, når kirken sto ansikt til ansikt med en rettsak, prøvde han ikke å forsvare og beskytte kirken, men istedenfor tillot han å ha sine tanker kontrollert av Satan. Ordene som kom ut av hans munn dannet en stor vegg av synder mellom han selv og Gud. Omsider kunne han ikke lenger holdes under Guds beskyttelse, og ble rammet av en seriøs sykdom.

Som en av Guds tjenere, skulle han ikke ha sett eller hørt på noen ting som gikk imot Guds vilje, men istedenfor ville han gjerne høre på de tingene og spre dem. Gud måtte bare snu sitt ansikt fra ham fordi han hadde snudd seg vekk fra Guds store nåde, akkurat som å bli helbredet fra en seriøs sykdom.

Derfor smuldret hans belønninger opp og han kunne ikke få styrke til å be. Hans tro gikk tilbake og nådde til slutt punktet hvor han ikke engang kunne være sikker på frelse. Heldigvis husket Gud på hans tjeneste i kirken fra tidligere. Så mannen kunne motta den skamfulle frelse siden Gud hadde gitt ham nåde til å angre for hva han før hadde gjort.

Full av Takknemlighet for at Han Ble Frelset

Så hva slags tilståelser ville han komme med etter at han ble frelset og sent til Paradiset? Fordi han ble frelset ved krysset til himmelen og helvete, kunne jeg høre ham tilstå virkelig fredfullt.

"Jeg er frelset på denne måten. Selv om jeg er i Paradiset, er jeg tilfredstilt fordi jeg var frigjort fra alle bekymringer og lidelser. Min ånd, som har gått tilbake til mørket, har kommet inn til dette vakre og behagelige lyset."

Hvor mektig ville ikke hans lykke bli etter at han ble frigjort fra frykten om helvete! Men siden han fikk en skamful frelse som en av de eldre i kirken, lot Gud meg høre hans angrende bønner mens han oppholdt seg i den Øverste Graven like før han dro til Paradisets ventested. Han angret på hans synder der også, og takket meg for at jeg ba for han. Han lovte også Gud å be uopphørlig for kirken og meg som han hadde tjent, helt til de møtes igjen i himmelen.

Siden begynnelsen av menneskenes kultivasjon her på jorden, har det vært flere mennesker som har blitt kvalifiserte til å gå til Paradiset enn alle menneskene som har totalt kunnet gå til noe annet sted i himmelen.

De som knapt er frelset og som kommer til Paradiset er så takknemlige og lykkelige om å kunne nyte Paradisets velvære og velsignelse fordi de ikke falt ned i helvete til tross for at de ikke hadde levet skikkelig kristne liv mens de bodde her på jorden.

Men, lykken i Paradiset kan ikke bli sammenlignet med

lykken i det nye Jerusalem, og det er også veldig forskjellig fra lykken på det neste nivået, himmelens Første Kongerike. Derfor burde du innse at hva som er viktigere for Gud ikke er årene som du var trofast, men din holdning imot Gud som kommer innerst inne fra ditt hjerte og som fungerer i forhold til Guds vilje.

Mange mennesker idag er bortskjemte og lever i den synderlige naturen, mens de erklærer at de har mottat den Hellige Ånd. Disse menneskene kan knapt motta skamfull frelse for å komme til Paradiset, eller falle ned i døden som er helvete, fordi den Hellige Ånden i dem vil forsvinne.

Eller noen såkalte troende blir arrogante ved å høre og lære mye om Guds ord, og dømme og fordømme andre troende selv om de levde et kristent liv i lang tid. Samme hvor entusiastiske og trofaste de er angående Guds prestetjenester, er det ikke til noen nytte hvis de innser deres ondskap i deres hjerter og kaster vekk deres synder.

Derfor ber jeg i Herrens navn at du, som et av Guds barn som har mottat den Hellige Ånd, vil kaste vekk dine synder og all slags ondskap og prøver å forholde deg bare etter Guds ord.

7. Kapittel

Himmelens Første Kongerike

1. Dens Skjønnhet og Lykke Overskrider Paradiset
2. Hva Slags Mennesker Kommer så til det Første Kongerike?

*Hver som er med i veddekamp,
er avholdende i alt,
hine for å få en forgjengelig krans,
men vi en uforgjengelig.*
- Paulus' 1. brev til Korintierne 9:25 -

Paradiset er stedet for de som har akseptert Jesus Kristus, men som ikke har gjort noe med deres tro. Det er et vakrere og lykkeligere sted enn her på denne jorden. Så hvor mye vakrere ville himmelens Første Kongerike være, stedet for de som prøver å leve etter Guds ord?

Det Første Kongerike er nærmere Guds Trone enn Paradiset er, men det er mange andre bedre steder i himmelen. Men de som kommer inn til det Første Kongerike vil være tilfredse med hva de får, og bli glade. Det er akkurat som en gullfisk som er fornøyd med å være i en gullfiskbolle, og ikke ville ha noe annet.

Du vil kunne se i detaljer hva slags sted det Første Kongerike i himmelen er, som er et nivå høyere enn Paradiset, og hva slags mennesker som kommer inn dit.

1. Dens Skjønnhet og Lykke Overskrider Paradiset

Siden Paradiset er stedet for de som ikke har gjort noe med troen, vil de ikke få noen personlig eiendom i belønning. Fra det Første Kongerike og videre oppover, er det derimot personlige eiendommer som boliger og kroner som blir gitt i belønning.

I det Første Kongerike, lever en i hans eller hennes eget hus og mottar kronen som vil vare i all evighet. Det er slik en ære i seg selv og eie ens eget hus i himmelen, så hver og en i det Første Kongerike føler lykken som ikke kan bli sammenlignet med lykken i Paradiset.

Vakkre Dekorerte Privat Boliger

Privatboligene i det Første Kongerike er ikke enkeltboliger, men ligner leilighetene eller leiegårdene her på jorden. Men de er ikke bygd med sement eller murstein, men med vakkert himmelsk materiale som gull og juveler. Disse husene har ikke trapper, men bare nydelige heiser. Her på jorden må du trykke på knappen, men i himmelen går de automatisk til den etasje du ønsker.

Blandt de som har vært i himmelen, er det de som har vitnet om at de har sett leilighetene i himmelen, og det er på grunn av at de så det Første Kongerike blandt mange himmelske steder. Disse hus-lignende leilighetene har alt som er nødvendig for å leve, så det finnes ikke noen som helst umake i det hele tatt.

Det er musikkinstrumenter for de som liker musikk, slik at de kan spille og bøker for de som liker å lese. Alle har et personlig sted hvor han eller henne kan slappe av, og det er virkelig trivelig.

På denne måten, er omgivelsene i det Første Kongerike laget ifølge eierens preferanser. Så det er et mye vakrere og lykkeligere sted enn Paradiset, og full av lykke og betryggelse som du aldri vil erfare her på jorden.

Offentlige Haver, Tjern, Svømmebassenger, og lignende

Siden husene i det Første Kongerike ikke er eneboliger, er det offentlige haver, tjern, svømmebassenger, og golf baner. Det er akkurat som når menneskene her på jorden som bor i leiligheter deler offentlige haver, tennis baner, eller svømmebassenger.

Disse offentlige eiendommene blir aldri utslitt eller forfallent, men englene vedlikeholder det alltid i beste forfatning. Englene hjelper menneskene med å bruke anleggene, slik at det ikke er noen som helst besværlighet selv om de er offentlige eiendommer.

Det er ikke noen tjeneste engler i Paradiset, men mennesker kan få hjelp fra englene i det Første Kongerike. Så de føler en helt annen slags glede og lykke her. Selv om det ikke er en spesiell engel som hører til en spesiell person, er det engler som tar seg av bygningene.

For eksempel, hvis du gjerne vil ha litt frukt mens du sitter og prater med dine kjære på de gyldne benkene i nærheten av Elven md Livets Vann, vil englene komme med frukt med det samme og servere deg høflig. Fordi det er engler som hjelper Guds barn, er lykken og gleden så forskjellig fra de i Paradiset.

Det Første Kongerike Er Bedre Enn Paradiset

Til og med farvene og duften av blomstene, og klarheten og skjønnheten av dyreskinnene er forskjellig fra de i Paradiset. Dette er på grunn av at Gud har anskaffet alt ifølge troens nivå til menneskene på hvert sted i himmelen.

Til og med menneskene her på jorden har forskjellig skjønnhetskvalitet. Blomstereksperter, for eksempel, vil dømme skjønnheten til en blomst basert på mange forskjellige kriterium. I himmelen er duften av blomstene i hvert enkelt bosted i himmelen forskjellig. Selv innenfor det samme stedet, har hver blomst ens egen duft.

Gud har anskaffet blomstene på en slik måte at menneskene i det Første Kongerike ville føle seg best når de kjenner duften av blomstene. Selvfølgelig har frukt forskjellig smak på forskjellige steder i himmelen. Gud har også gitt farvene og duftene til hver enkelt frukt ifølge nivået til hvert enkelt bosted.

Hvordan gjør du istand til og serverer en viktig gjest? Du vil prøve å tilfredsstille smaken til gjesten på en måte som ville bli ytterst gledelig for din gjest.

På samme måte har Gud laget alt veldig omtenksomt slik at Hans barn ville bli tilfreds på alle måter.

2. Hva Slags Mennesker Kommer så til det Første Kongerike?

Paradiset er stedet i himmelen for de som er på troens første nivå, frelset ved å tro på Jesus Kristus, men som ikke har gjort noe for Guds kongerike. Så hva slags mennesker går så til himmelens Første Kongerike som ligger over Paradiset og nyter det evige livet der?

Mennesker som Prøver å Handle Ifølge Guds Ord

Det Første Kongerike i himmelen er stedet hvor de som har akseptert Jesus Kristus og prøvd å leve ifølge Guds ord oppholder seg. De som bare har akseptert Herren kommer til kirken på søndagene og hører på Guds ord, men de vet ikke riktig hva synd er, hvorfor de må be, og hvorfor de må kaste vekk deres synder. Likeledes har de som er på troens første nivå erfart gleden til den første kjærligheten som ble skapt av vann og den Hellige Ånd, men vet ikke hva synd er og har ennå ikke funnet deres synder.

Men hvis du når troens andre nivå, vil du innse syndene og rettferdighetene med hjelp av den Hellige Ånd. Så du prøver å leve ifølge Guds ord, men du kan ikke gjøre dette med det samme. Det er akkurat som når et barn først begynner å gå: han ville gjentatte ganger gå og falle ned.

Det Første Kongerike er stedet for slike mennesker, som prøver å leve ifølge Guds ord, og hvor kronene som vil vare i all evighet vil bli utgitt. Akkurat som idrettsutøvere må spille ifølge spillets regler (Paulus' annet brev til Timoteus 2:5-6), Guds barn må også kjempe den gode kampen om troen ifølge sannheten. Hvis du ignorerer reglene til den åndelige virkeligheten, som er Guds regler, akkurat som en idrettsutøver som ikke går etter reglene, har du en død tro. Da vil du ikke bli sett på som en deltaker og får ikke noen krone.

Men for alle de i det Første Kongerike, er en krone fremdeles gitt på grunn av at de har prøvd å leve etter Guds ord selv om deres gjerninger ikke var nok. Men det er fremdeles en skamful frelse, på grunn av at de ikke har helt og holdent levd ifølge Guds ord selv om de har troen til å komme til det Første Kongerike.

Skamfull Frelse hvis Arbeidet Blir Brent Opp

Så, hva egentlig er en "skamfull frelse"? I Paulus' 1. brev til Korintierne 3:12-15, ser du at det arbeide som en har bygget opp kan enten overleve eller bli brent opp.

"Men om noen på denne grunnvold bygger med gull, sølv, kostelige stener, tre, høy, strå, da skal enhvers verk bli åpnebart; for dagen skal vise det, for den åpenbares med ild, og hvordan enhvers verk er, det skal ilden prøve. Om det verk som en har bygget, står seg, da skal han få lønn; om ens verk brenner opp, da skal han tape lønnen; men selv skal han bli

frelst, dog således som gjennom ild."

"Grunnvold" refererer her til Jesus Kristus og menes at hva enn du bygger på denne grunnvolden, vil ditt arbeide bli åpenbart gjennom prøver som ilden.

På den ene side, vil arbeidene til de som har tro som gull, sølv, eller vakre stener gjenstå til og med i sterke prøver på grunn av at de handler ifølge Guds ord. På den annen side, arbeide til de som har tro i likhet med tre, høy, eller strå vil bli brent opp når de står ansikt til ansikt med sterke prøver fordi de ikke helt kan handle ifølge Guds ord.

Derfor for å fordele disse ifølge troens målestokk, er gull den femte (det høyeste), sølv den fjerde, kostbare stener den tredje, tre den andre, og høy er den første (og laveste) måling av troen. Tre og høy har liv. Og ha troen som tre menes at en har en levende tro, men at den er svak. Strået derimot, er tørt og har ikke engang liv, og det refererer til de som ikke engang har noen tro.

De som ikke har noen tro i det hele tatt, har derfor ikke noe å gjøre med frelse. Treet og høyet, hvis arbeide vil bli brent opp av sterke prøver, tilhører den skamfulle frelse. Gud vil anerkjenne troen av gull, sølv eller verdifulle stener, men det av tre eller høy, kan Han ikke.

Tro uten Gjerning er Død Tro

Noen tenker kanskje, "Jeg har vært en kristen i lang tid, så jeg har måttet passert troens første nivå, og jeg kan minst gå til det Første Kongerike." Men hvis du virkelig har tro, vil du selvfølgelig leve etter Guds ord. Ved samme tilfelle, hvis du bryter loven og ikke kaster bort dine synder, vil det Første Kongerike, og kanskje til og med Paradiset bli utenfor din rekkevidde.

Bibelen spør deg i Jakobs brev 2:14, *"Hva nytter det, mine brødre, om en sier at en har tro, når en ikke har gjerninger? Kan vel troen frelse ham?"* Hvis du ikke har noen gjerninger, vil du ikke bli frelst. Tro uten gjerning er en død tro. Så de som ikke kjemper mot synden kan ikke bli frelst fordi de er akkurat som en mann som mottok et pund og beholdt det i et tørkle (Lukas' evangeliet 19:20-26).

"Pund" står her for den Hellige Ånd. Gud gir den Hellige Ånd som en gave til de som har åpnet deres hjerter og akseptert Jesus Kristus som deres personlige Frelser. Den Hellige Ånd gjør det mulig for deg å bli klar over din synd, rettferdigheten, og dommen, og hjelper deg å bli frelst og komme til himmelen.

På den ene side, hvis du erklærer din tro på Gud, men ikke omskjærer ditt hjerte ved hverken å følge ønske til den Hellige Ånd eller å handle ifølge sannheten, da trenger ikke den Hellige Ånd å være i ditt hjerte. På den annen side, hvis du kaster vekk dine synder og handler ifølge Guds ord ved hjelp av den Hellige Ånd, kan du ha et hjerte i likhet med Jesus Kristus, som er selve sannheten.

Derfor burde Guds barn som har mottat den Hellige Ånd som en gave helliggjøre deres hjerter og bære fruktene til den Hellige Ånden for å få tak i den perfekte frelse.

Fysisk Trofast men Åndelig Hedensk

Gud viste meg en gang om et medlem som hadde gått bort og kommet til det Første Kongerike, og viste meg betydningen om troen sammen med handlingen. Han tjente som et medlem av

Finansavdelingen i kirken i 18 år uten noe svik i hans hjerte. Han var også trofast i andre Guds arbeide og ble gitt en tittelen som en av de eldre. Han prøvde å bære frukt i flere foretninger og gi ære til Gud, ofte ved å spørre seg selv, 'Hvordan kan jeg storsinnet utrette Guds kongerike?'

Men han var ikke veldig vellykket fordi han enkelte ganger vanæret Gud ved å ikke gå den rette veien på grunn av hans kjødelige tanker, og hans hjerte søkte ofte etter hva han selv ønsket. Han ville også lage uærlige bemerkninger, bli sint på andre mennesker, og ikke adlyde Guds ord på mange måter.

Med andre ord, på grunn av at han var fysisk trofast, men ikke kunne omskjære sitt hjerte – som er den viktigste tingen – forble han på troens andre nivå. Videre, hvis hans økonomiske og mellommenneskelige problemer hadde fortsatt, ville han ikke ha kunnet beholdt troen, men risikert det med urettferdigheten.

På grunn av omfanget av tilbakeskrittet i hans tro på slutten, hvor han ikke engang hadde tillatt ham å komme inn til Paradiset, ropte Gud på hans ånd når tiden var best.

Gjennom åndelig kommunikasjoner etter hans død, uttrykte han sin takknemlighet og angret på flere ting. Han angret på at han hadde såret prestene ved ikke å fortelle dem sannheten, var årsaken til at andre forsvant, fornærmet andre, og handlet ikke etter at han hadde hørt på Guds ord. Han sa også at han alltid hadde følt presset fordi han ikke ordentlig hadde angret på hans feil mens han var her på jorden, men at han nå var lykkelig fordi han nå kunne bekjenne alle sine synder.

Han sa også at han var takknemlig for at han ikke endte opp som en av de eldre i Paradiset. Det var fremdeles skamfult å komme til det Første Kongerike som en eldre, men han følte seg mye bedre på grunn av at det Første Kongerike er mye mere praktfult enn Paradiset.

Derfor burde du innse at den viktigste tingen er heller å omskjære ditt hjerte enn å ha fysisk trofasthet og titler.

Gud Fører Hans Barn til et Bedre Himmelrike gjennom Prøver

Akkurat som det må være hard trening og mange timer med trening for at en idrettsutøver skal vinne, må du også møte prøver for å kunne gå til bedre bosteder i himmelen. Gud tillater prøver for Hans barn for å føre dem til bedre steder i himmelen, og prøvene kan bli delt inn i tre kategorier.

Først er det prøver til å kaste bort syndene. For å kunne bli Guds sanne barn, må du kjempe mot syndene helt til du begynner å blø, slik at du kan fullstendig kaste vekk dine synder. Men Gud straffer fremdeles noen ganger Hans barn fordi de ikke kaster vekk syndene, men fortsetter å leve i syndene (Brevet til Hebreerne 12:6). Akkurat som når foreldrene noen ganger straffer deres barn for å lede dem i riktig retning, tillater Gud noen ganger å gi Hans barn prøver slik at de kan bli perfekte.

Det andre er prøver for å lage den riktige kar og gi velsignelser. Til og med som liten gutt reddet David hans sauer ved å drepe en bjørn eller en løve som tok hans flokk. Han hadde slik en sterk tro at han til og med drepte Goliath, som hele den israelske hæren fryktet, med en slynge og en sten og ved å bare stole på Gud. Grunnen til at han fremdeles måtte møte retten, dvs. å bli forfulgt av Kong Saul, var på grunn av at Gud tillot prøvene for å lage David en stor kar og en stor konge.

Tredje, det er prøver om å sette en stopp til all lediggangen fordi mennesker vil kanskje holde seg vekk ifra Gud hvis de lever i fred. For eksempel er det noen mennesker som er trofaste i Guds kongerike, og som hele tiden mottar økonomiske velsignelser. De stopper da å be, og deres entusiasme for Gud blir kjøligere. Hvis Gud lar dem være slik, vil de kanskje dø. Så Han tillater dem prøver slik at de kan få et klart sinn igjen.

Du burde kaste vekk dine synder, bli rettferdig, og bli riktige karer i Guds øyne ved å forstå Guds hjerte som tillater troens prøver. Jeg håper at du helt vil motta de vidunderlige velsignelsene som Gud har laget istand til deg.

Noen vil kanskje si, "Jeg vil gjerne endre meg, men det er ikke lett selv om jeg prøver." Men han vil fremdeles si slike ting ikke bare på grunn av at det er vanskelig å forandre seg, men mere på grunn av at han mangler iveren og lidenskapen helt innerst inne til å forandre seg.

Hvis du virkelig forstår Guds ord åndelig og prøver å forandre deg innerst inne, kan du forandre deg fort på grunn av at Gud gir deg nåde og styrke til å gjøre det. Og selvfølgelig, den Hellige Ånd hjelper deg også videre. Hvis du kjenner til Guds ord bare i ditt hode som en kunnskapsdel, men handler ikke deretter, vil du ganske sikkert bli stolt og overlegen, og det vil bli vanskelig for deg å bli frelst.

Derfor ber jeg i Herrens navn at du ikke må miste lidenskapen og gleden av din første kjærlighet og fortsette med å følge den Hellige Ånds ønske slik at du kan beholde et bedre sted i himmelen.

8. Kapittel

Himmelens Andre Kongerike

1. Vakre Personlige Hus som blir Gitt til Hver Og En
2. Hva Slags Mennesker Kommer så til det Andre Kongerike?

*De eldste blandt dere formaner jeg som
medeldste og vitne om Kristus lidelser,
som den som og har del i den herlighet
som skal åpenbares:
Vokt den Guds hjord som er hos dere,
og ha tilsyn med den, ikke av tvang,
men frivillig, ifølge Guds vilje,
ikke for ussel vinnings skyld,
men av villig hjerte,
heller ikke som de som
vil herske over sine menigheter,
men således at dere blir mønster for hjorden.
og når overhyrden åpenbares,
skal dere få ærens uvisnelige krans.*

- Peters' 1. brev 5:1-4 -

På den ene side, samme hvor mye du hører om himmelen, vil det ikke være til noen nytte hvis du ikke innser det i ditt hjerte, når du ikke har troen. Akkurat som en fugl snapper opp et frø som er sådd langs med stien, fienden Satan og djevelen snapper opp ordet om himmelen fra deg (Matteus' evangeliet 13:19). På den annen side, hvis du hører på bekjennelsen om himmelen og forstår den, kan du leve i et liv med tro og håp og produsere en avling som vil gi tredve, seksti, eller hundre ganger hva som ble sådd. Fordi du kan handle ifølge Guds ord, kan du ikke bare fullføre din plikt, men også bli frelst og være trofast i alle Guds hus. Så hva slags sted er så det Andre Kongerike i himmelen og hva slags mennesker kommer dit?

1. . Vakre Personlige Hus som blir Gitt til Hver Og En

Jeg har allerede forklart at de som går til Paradiset eller det Første Kongerike er frelst skamfult fordi deres arbeide vil ikke fortsette når de blir satt på sterke prøver. Men, de som går til det Andre Kongerike har slik en tro som passerer sterke prøver, og mottar belønninger som ikke kan bli sammenlignet til de som blir gitt i Paradiset eller det Første Kongerike, ifølge Guds rettferdighet som belønner alt som blir sådd.

Hvis lykken til den som har gått til det Første Kongerike er sammenlignet med lykken av en gullfisk i en gullfiskbolle, kan lykken til den som har gått til det Andre Kongerike derfor bli sammenlignet med lykken til en hval i det vidstrakte Stillehavet. La oss nå se på karakteristikkene til det Andre Kongerike, ved å konsentrere oss om boligene og livet.

En Et-etasjes Privatbolig som blir Gitt til Hver Og En

Husene i det Første Kongerike er akkurat som leiligheter, men de i det Andre Kongerike er fullstendig selvstendige etetasjes privatboliger. Husene i det Andre Kongerike kan ikke bli sammenlignet med noen vakre huser eller hytter eller sommerhuser her på jorden. De er store, vakre, og er dekorert moderne med blomster og trær.

Hvis du går til det Andre Kongerike, blir du ikke bare gitt huset, men også din favoritt gjenstand. Hvis du vil ha et svømmebasseng, vil du bli gitt et vakkert et dekorert med gull og alle slags juveler. Hvis du vil ha et vakkert tjern, vil du få et vakkert tjern. Hvis du vil ha en ballsal, vil du også få en ballsal. Hvis du liker å spasere, vil du få en kjempefin vei full av skjønne blomster og planter hvor mange dyr leker rundt omkring.

Men selv om du gjerne vil ha alt, svømmebassenget, tjernet, ballsalen, veien, o.s.v., kan du bare ha den tingen som du liker best. Fordi hva menneskene eier er forskjellig i det Andre Kongerike, besøker de hverandres huser og nyter hva de har sammen.

Hvis en som har en ballsal, men ikke noe svømmebasseng gjerne vil svømme, kan han gå til sin nabo som har et svømmebasseng og more seg. I himmelen tjener menneskene hverandre, og de føler seg aldri brydd eller avviser noen gjester.

Istedenfor ville de bli gladere og lykkeligere. Så hvis du vil nyte noe, kan du besøke dine naboer og nyte hva de har.

På samme måte, er det Andre Kongerike mye bedre enn det Første Kongerike på alle måter. Men selvfølgelig kan det derimot ikke bli sammenlignet med det nye Jerusalem. De har ikke engler som tjener alle Guds barn. Størrelsen, skjønnheten, og glansen av husene er så forskjellige, og materiellet, farvene, og klarheten av juvelene som dekorerer husene er også veldig forskjellige.

Dørskilt med Vakkert og Strålende Lys

Et hus i det Andre Kongerike er en et-etasjes bygning med et dørskilt. Dørskiltet viser eieren av huset, og i noen spesielle tilfeller står det også skrevet navnet til kirken hvor eieren går. Det er skrevet på dørskiltet hvor vakkre og strålende lys skinner klart sammen med navnet til eieren i himmelske bokstaver som ligner arabisk eller hebraisk. Så mennesker i det Andre Kongerike vil si og misunne, "Å! Dette er den og dens hus som tjente den og den kirken!"

Hvorfor vil navnet til kirken bli nevnt spesielt? Gud gjør dette slik at navnet vil bli glansen og æren til medlemmene som tjente denne kirken og som bygde det Store Sanktuarium for å motta Herren på Hans Andre Nedkomst.

Men husene i det Tredje Kongerike og det nye Jerusalem har ingen dørskilter. Det er ikke mange mennesker i noen av kongerikene, og gjennom de enestående lysene og duften som kommer ut fra husene, kan du se hvem disse husene tilhører.

Føle Seg Sørgelig Fordi En Ikke er Fullstendig Renvasket

Noen undrer kanskje, "Ville det ikke bli besværlig i himmelen siden det ikke er noen privat boliger i Paradiset, og i det Andre Kongerike kan mennesker eie bare en ting?" I himmelen derimot, er det ikke noe utilstrekkelig eller besværlig. Mennesker vil aldri føle seg ukomfortable fordi de alle lever sammen. De er ikke gjerrige om å dele deres eiendeler med andre. De er bare takknemlige for å kunne dele deres eiendeler med andre og ser på det som en kilde med mye glede.

De føler seg heller ikke sørgelige for at de bare har en privat eiendel eller blir sjalue på ting som andre har. Istedenfor er de alltid dypt rørt og takknemlige til Gud Faderen for at Han ga dem mye mere enn de fortjener, og de er alltid tilfredse med den uforanderlige lykke og glede.

Det eneste tingen som de føler sorg for er kjensgjerningen med at de ikke arbeidet hardt nok og ikke var fullstendig renvasket når de bodde her på jorden. De føler seg sørgelige og skamfulle ved å stå fremfor Gud fordi de ikke kastet bort all ondskapen de hadde i seg. Selv når de ser de som har gått til det Tredje Kongerike eller det nye Jerusalem, misunner de dem ikke med å se deres store huser og strålende belønninger, men de føler seg sørgelige for at de ikke renvasket seg selv fullstendig.

Siden Gud er rettferdig; gjør Han det slik at du vil høste det du sår, og belønner deg ifølge hva du har gjort. Derfor gir Han menneskene et sted og belønninger i himmelen, ettersom du blir renvasket og er trofast her på jorden. Avhengig av hvor mye du lever etter Guds ord, vil Han belønne deg deretter og til og med ganske mye.

Hvis du levde fullstendig etter Guds ord, vil Han gi deg hva du enn vil ha i himmelen 100%. Men, hvis du ikke lever fullstendig etter Guds ord, vil Han belønne deg etter hva du har gjort, og det rikelig.

Derfor, samme hvilket nivå av himmelen som du kommer inn i, vil du alltid være takknemlig til Gud for at han ga deg mye mere enn hva du har gjort her på jorden, og leve i all evighet med glede og lykke.

Ærens Krone

Gud som belønner rikelig, gir en krone som ikke vil dø for de i det Første Kongerike. Hva slags krone har blitt gitt til de i det Andre Kongerike?

Selv om de ikke var fullstendig renvasket, ga de ære til Gud ved å utføre deres gjerninger. Så de vil motta ærens krone. Hvis du leser Peters 1. brev 5:1-4, vil du se at ærens krone er en belønning som blir gitt til de som setter et eksempel ved å leve trofast ifølge Guds Ord.

"De eldste blant dere formaner jeg som medeldste og vitne om Kristi lidelser, som den som og har del i den herlighet som skal åpenbares: Vokt den Guds hjord som er hos dere, og ha tilsyn med den, ikke av tvang, men frivillig, ikke for ussel vinnings skyld, men av villig hjerte, heller ikke som de som vil herske over sine menigheter, men således at dere blir mønster for hjorden; og når overhyrden åpenbares, skal dere få ærens uvisnelige krans."

Grunnen til at det står, "ærens uvisnelige krans" er på grunn av at hver krans i himmelen er evigvarende og visner aldri bort. Du vil kunne innse at himmelen er slikt et perfekt sted hvor alt er evig og til og med en krans vil ikke visne bort.

2. Hva Slags Mennesker Kommer så til det Andre Kongerike?

Omkring Seoul, hovedstaten i Koreas republikk, er det drabantbyer, og rundt disse byene ligger små byer. På samme måte er det i himmelen rundt det Tredje Kongerike hvor det nye Jerusalem, det Andre Kongerike, det Første Kongerike, og Paradiset ligger.

Det Første Kongerike er stedet for de som er på troens andre nivå, og som prøver å leve ifølge Guds ord. Hva slags person går til det Andre Kongerike? Menneskene på troens tredje nivå som kan leve ifølge Guds ord ender opp i det Andre Kongerike. Nå la oss vurdere i detaljer hva slags mennesker som kommer til det Andre Kongerike.

Det Andre Kongerike:
Stedet for Mennesker som ikke er Fullstendig Renvasket

Du kan gå til det Andre Kongerike hvis du lever ifølge Guds ord og gjør dine gjerninger, men ditt hjerte er ennå ikke fullstendig renvasket.

Hvis du er kjekk, smart, og klok, vil du selvfølgelig at dine barn skal ligne på deg. På samme måte, Gud som er hellig og perfekt, vil at Hans barn skal ligne på Ham. Han vil ha barn som elsker Ham og som holder på budskapene – som adlyder budene fordi de elsker Ham, og ikke på grunn av forpliktelse. Akkurat som du selv vil gjøre en veldig vanskelig ting hvis du virkelig elsker noen, hvis du virkelig elsker Gud i ditt hjerte, kan du holde enhver av hans budskap med glede i ditt hjerte.

Du vil adlyde betingelsesløst med glede og takknemlighet og holde på det som Han vil at du skal holde på, og kaste bort det som Han vil du skal kaste vekk, å ikke gjøre det som Han forbyr deg, og å gjøre hva Han vil du skal gjøre. Men de som er på det Tredje nivået av troen kan fremdeles ikke handle ifølge Guds ord med fullstendig glede og takknemlighet i deres hjerter, på grunn av at de ikke har kommet inn til dette nivået av kjærlighet ennå.

I Bibelen er det kjødets arbeide (Galaterbrevet 6:19-21), og kjødets ønsker (Paulus' brev til Romerne 8:5). Når du utagerer ondskapen som finnes i ditt hjerte, er det kalt kjødets arbeide. Naturens synder som du har i ditt hjerte som ikke ennå har blitt vist utenfor er kalt kjødets ønsker.

De på det tredje nivået av troen har allerede kastet vekk alt det kjødelige arbeide som er synlig utenpå, men de har fremdeles de kjødelige ønskene i hjertene deres. De beholder hva Gud har fortalt dem å beholde. Kaster bort hva Gud har bedt dem om å kaste bort, gjør ikke hva Gud forbyr dem, og gjør akkurat det som Gud forteller dem å gjøre. Men ondskapen i deres hjerter er fremdeles ikke fjernet.

På samme måte er det når du utfører din gjerning når ditt hjerte ikke er fullstendig renvasket, da kan du gå til det Andre Kongerike. "Renvasking" refererer til tilstanden hvor du kaster bort all slags ondskap og bare har godhet i ditt hjerte.

Himmelrike I

La oss for eksempel si at det er en person du hater. Du har nå hørt på Guds ord som sier, "Du må ikke hate," og prøver så å ikke hate ham. Og på grunn av dette hater du ham ikke. Men hvis du ikke virkelig elsker ham innerst inne i ditt hjerte, er du ennå ikke renvasket.

For å kunne vokse til troens fjerde nivå fra det Tredje, er det derfor viktig å gjøre en så stor innsatse at du kanskje begynner å blø for å kaste bort syndene.

Mennesker som Har Fullført Gjerningene ved Guds Nåde

Det Andre Kongerike er stedet for de som ikke har fullført fullstendig renvasking av deres hjerter, men har fullført deres gjerninger som de fikk av Gud. La oss ta i betraktning de menneskene som går til det Andre Kongerike ved å se på en sak med et medlem som gikk bort mens hun tjente Manmin Joong-ang Kirken.

Hun kom med hennes mann til Manmin Joong-ang Kirken det året som den ble grunnlagt. Hun hadde lidd av en seriøs sykdom, men ble helbredet etter at hun hadde mottat min bønn, og hennes familie medlemmer ble troende. De vokste i deres tro, og hun ble en overhode diakonesse, hennes mann ble en av de eldre, og deres barn vokste opp som tjenere til Herren. En er en prestekone, og den andre er en lovprisnings misjonær.

Men hun mislykkes i å kaste bort all slags ondskap og å holde hennes gjerninger på riktig måte, men hun angret med Guds nåde, fullførte godt hennes gjerninger, og gikk så bort. Gud fortalte meg at hun ville bli i det Andre Kongerike i himmelen og lot meg ha kommunikasjon med hennes ånd.

Når hun kom til himmelen, det hun var mest lei seg for var at hun ikke hadde kastet bort alle hennes synder for å bli fullstendig renvasket, og det faktum at hun ikke virkelig hadde holdt noen takknemlighets bekjennelse fra hennes hjerte til hennes hyrde som hadde bedt for henne om å bli helbredet og ledet henne med kjærlighet.

Hun hadde også trodd at det som hun hadde oppnådd med sin tro, hvordan hun hadde tjent Herren, og hva hun forkynte med hennes munn, hadde hun bare kunne ha kommet til det Første Kongerike. Men når hun ikke hadde mye tid igjen her på jorden, gjennom kjærlige bønner fra hennes hyrde og hennes gjerninger som Gud hadde vært veldig fornøyd med, hennes tro vokste fort og hun kunne nå komme inn til det Andre Kongerike.

Hennes tro vokste faktisk ganske fort før hun døde. Hun konsentrerte seg om å be og leverte tusenvis av informasjonsblader fra kirken rundt om i hennes nabolag. Hun passet ikke på seg selv, men tjente bare Herren trofast.

Hun fortalte meg om huset som hun skulle bo i når hun kom til himmelen. Hun fortalte at fordi om det var en et-etasjes bygning, er den dekorert så vakkert med nydelige blomster og trær, og det er så stort og vidunderlig at den ikke kan bli sammenlignet med noe hus her på jorden.

Selvfølgelig, sammenlignet med husene i det Tredje Kongerike eller det nye Jerusalem, er det akkurat som et hus med stråtak, men hun var så takknemlig og fornøyd fordi hun fortjente det ikke. Hun ville bringe følgende beskjed til hennes familie slik at de skulle gå til det nye Jerusalem.

"Himmelen er delt opp så nøyaktig. Æren og lyset er så forskjellig på hvert sted, så jeg anbefaler og oppfordrer dem om og om igjen til å komme inn til det nye Jerusalem. Jeg vil gjerne fortelle mine familiemedlemmer som fremdeles er her på jorden hvor skamfult det er å ikke ha kastet bort alle syndene når vi møter vår Gud Fader i himmelen. Belønningene som Gud gir de som kommer til det nye Jerusalem og prakten av husene er alle misunnelsesverdige, men jeg vil gjerne fortelle dem hvor sørgelig og skammelig det er å ikke ha kastet bort all slags ondskap foran Gud. Jeg vil gjerne overføre denne beskjeden til mine familiemedlemmer slik at de kan kaste vekk all slags ondskap og komme inn til den praktfulle stillingen i det nye Jerusalem.

Derfor anbefaler jeg deg å se hvor fantastiskt og verdifult det er å renvaske ditt hjerte og til å gi ditt daglige liv til kongerike og til Guds rettferdighet med håp om å komme til himmelen, slik at du kan med makt komme nærmere det nye Jerusalem.

Mennesker som er Trofaste i Alt, men som ikke Adlyder På Grunn Av deres Egen Gale Grunnlag av Rettferdighet

La oss nå kikke på et annet tilfelle med et annet medlem som elsket Herren og tjente ham trofast, men som ikke kunne komme til det Tredje Kongerike på grunn av noen mangel ved hennes tro.

Hun kom til Manmin Joong-ang Kirken på grunn av hennes manns' sykdom og ble et veldig aktivt medlem. Hennes mann ble bært til kirken på en båre, men hans smerte ble borte og han kunne nå stå opp og gå. Tenk hvor takknemlig og lykkelig hun måtte ha vært. Hun var alltid takknemlig til Gud som hadde helbredet hennes manns sykdom og hennes tjenende prest som ba med kjærlighet. Hun var alltid trofast. Hun ba for Guds kongerike, og ba med takknemlighet til hennes hyrde hele tiden når hun spaserte, satt eller bare sto, eller til og med når hun lagde mat.

På grunn av at hun også elsket Kristus brødre og søstre, hjalp hun de andre, istedenfor å ha noen hjelpe henne, og oppmuntret og tok seg av andre troende. Hun ville bare leve etter Guds ord og kjempet så hardt med å kaste vekk alle sine synder at hun nesten ble syk. Hun lengtet aldri etter eller var misunnelig på verdslige ting, men konsentrerte seg bare om å forkynne evangeliet til hennes naboer.

På grunn av at hun var så trofast til Guds kongerike, mitt hjerte var inspirert med den Hellige Ånd når jeg så hennes lojalitet og spurte henne om hun kunne holde min gudstjeneste i kirken. Jeg hadde troen på at hvis hun utførte hennes tjeneste trofast, så ville hennes familiemedlemmer sammen med hennes mann komme til å få en åndelig tro.

Men hun kunne ikke adlyde på grunn av et hun så på hennes omstendigheter og ble fylt av hennes kjødelige tanker. Litt senere døde hun. Jeg var sønderknust, og mens jeg ba til Gud, kunne jeg høre hennes tilståelse gjennom den åndelige samtalen.

"Selv om jeg angrer og angrer med at jeg ikke adlød hyrden, klokken kan ikke bli snudd tilbake. Så jeg bare ber for Guds kongerike og for hyrden mer og mer. En ting som jeg må fortelle mine kjære brødre og søstre er at hva hyrden forkynner er Guds vilje. Det er den største synd å ikke adlyde Guds vilje, og sammen med det er også sinne den største synden. På grunn av dette, kommer menensker i vanskeligheter, og jeg ble lovpriset for ikke å bli sint, men ydmykte mitt hjerte, og strevde etter å adlyde med hele mitt hjerte. Jeg har blitt en person som blåser Herrens trompet. Dagen hvor jeg kan se igjen mine brødre og søstre kommer snart. Jeg håper bare alvorlig at mine kjære brødre og søstre er klarsinnet nok og ikke mangler noe, slik at de også ser frem til denne dagen."

Hun tilsto mye mere enn disse, og fortalte meg at grunnen til at hun ikke kunne dra til det Tredje Kongerike var på grunn av hennes ulydighet.

"Jeg hadde et par ting som jeg ikke adlød helt til jeg havnet i dette kongerike. Noen ganger sa jeg, 'Nei, Nei, Nei,' mens jeg hørte på beskjedene. Jeg gjorde ikke mine forpliktelse ordentlig. Fordi jeg trodde jeg ville utføre min gjerning når mine omstendigheter ble bedre, brukte jeg mine kjødelige tanker. Det var slik en stor tabbe i Guds øyne."

Hun sa også at hun hadde misunnet prestene og de som tok vare på kirkeøkonomien når hun så dem, og tenkte at deres belønninger i himmelen ville bli veldig store. Men hun vitnet til at når hun dro til himmelen, var dette ofte virkelig ikke tilfelle.

"Nei! Nei! Nei! Bare de som handler ifølge Guds vilje mottar store belønninger og velsignelser. Hvis lederne gjør en feil, er dette en mye større synd enn når et hvem som helst annet medlem gjør en feil. De må be mere. Lederne må være mere trofaste. De må kunne være en bedre lærer. De må ha evnen til å være var. Det er derfor det er skrevet i en av de fire Evangeliene, at en blind mann fører en annen blind mann. Meningen med ordene 'Ikke la mange av dere bli lærere'. En vil bli velsignet hvis han gjør sitt beste i hans stilling. Dagen hvor vi vil møte hverandre som Guds barn i det evige kongerike kommer nå snart. Derfor burde alle kaste vekk alle de kjødelige arbeidene, bli rettferdige, og ha de riktige kvalifikasjonene som Herrens brud, uten noen som helst skam når de står foran Gud."

Derfor burde du innse hvor viktig det er å ikke adlyde av pliktfølelse, men på grunn av gleden dypt inne i ditt hjerte og din kjærlighet for Gud, og for å renvaske ditt hjerte. Dessuten burde du ikke bare være en som går i kirken, men se tilbake på deg selv på hva slags himmelsk kongerike du kan komme til hvis Herren kalte på deg nå.

Du burde prøve å være trofast i alle dine gjerninger og leve ifølge Guds ord, slik at du vil bli fullstendig renvasket og ha alle de nødvendige kvalifikasjonene klare for å komme til det nye Jerusalem.

Paulus' 1. brev til Korintierne 15:41 forteller deg at æren

som hver enkelt person vil motta vil bli forskjellig. Det står, *"En glans har solen, og en annen månen, og en annen stjernene; for den ene stjerne skiller seg fra den annen i glans."* Alle de som er frelst vil nyte det evige liv i himmelen. Men likevel vil noen være i Paradiset mens andre vil være i det nye Jerusalem, alle ifølge deres måling av troen. Forskjellen i æren er så stor at den er ubeskrivelig.

Derfor ber jeg i Herrens navn at du ikke forblir i troen bare for å bli frelst, men som en bonde som solgte alle hans eiendeler for å kjøpe en åker og grave opp skatten, leve fullstendig etter Guds ord, og kaste bort all slags ondskap slik at du vil komme inn i det nye Jerusalem og oppholde deg i æren som skinner akkurat som solen.

9. Kapittel

Himmelens Tredje Kongerike

1. Engler Tjener Alle Guds Barn
2. Hva Slags Mennesker Kommer til det Tredje Kongerike?

*Salig er den mann som holder ut i fristelse;
for når han har stått sin prøve,
skal han få livsens krone
som Gud har lovet
dem som elsker Ham.*

- Jakobs brev 1:12 -

Gud er Ånden, og Han er godheten, lyset, og selve kjærligheten. Det er derfor Han gjerne vil at Hans barn skal kaste vekk alle syndene og all slags ondskap. Jesus som kom til denne verden som et menneske, har ingen skavanker, for Han er selve Gud. Så hva slags menneske burde du være for å bli en brud som vil motta Herren?

For å bli Guds sanne barn og Herrens brud som vil dele den virkelige kjærligheten med Gud i all evighet, må du ligne det hellige hjerte til Gud og rense deg selv ved å kaste bort all slags ondskap.

Det Tredje Kongerike i himmelen, som er stedet for slike barn som er hellige og ligner Guds hjerte, er så veldig forskjellig fra det Andre Kongerike. Fordi Gud hater ondskap og elsker godheten så mye, behandler Han sine barn som er renvasket på en veldig spesiell måte. Så hva slags sted er det Tredje Kongerike og hvor mye må du elske Gud for å komme dit?

1. Engler Tjener Alle Guds Barn

Husene i det Tredje Kongerike er mye mere storslagne og briljante enn et-etasjes husene i det Andre Kongerike uten sammenligning. De er dekorert med så mange slags juveler og har alt utstyret som eierene gjerne vil ha.

Dessuten fra og med det Tredje Kongerike og videre, vil det være englene som tjener hver og en, og de vil elske og tilbe deres herre og tjene ham eller henne med bare de beste tingene.

Engler som Tjener Privat

Det står i brevet til Hebreerne 1:14, *"Er de ikke alle tjenende ånder, som sendes ut i tjeneste for deres skyld som skal arve frelse?"* Engler er rent åndelige vesener. De ligner mennesker i form som en av Guds skapninger, men de har ikke hud og ben, og har ikke noe med ekteskap eller døden å gjøre. De har ikke deres personligheter akkurat som menneskene, men deres kunnskap og makt er mye større enn de til menneskene (Peters 2. brev 2:11). Akkurat som når Hebreerne 12:22 snakker om tusenvis av engler, er det massevis av engler i himmelen. Gud har gitt ordren og rangen blandt englene, gitt dem forskjellige oppgaver, og gitt dem forskjellig myndigheter ifølge selve oppdraget.

Så det er forskjell mellom englene som for eksempel engel, himmelsk vert, og erkeengel. For eksempel, Gabriel, som tjener som en borgeligembetsmann, kommer til deg med svar til dine bønner eller Guds planer og åpenbaringer (Profeten Daniel 9:21-23; Lukas 1:19, 1:26-27). Erkeengel Michael, som er en militær offiser, er prest til den himmelske hæren. Han kontrollerer kampene mot de onde åndene, og noen ganger brekker han selv mørkets kamplinjer (Profeten Daniel 10:13-14, 10:21; Judas 1:9; Johannes' åpenbaring 12:7-8).

Blandt disse englene, er det engler som tjener deres herrer privat. I Paradiset, det Første Kongerike og det Andre Kongerike, er det engler som noen ganger hjelper Guds barn, men det er ingen engel som tjener deres herre privat. Det er bare englene som tar seg av gresset, eller blomster veiene, eller de offisielle stedene for å være sikre på at det ikke er noen forstyrrelse, og det er engler som leverer Guds budskap.

Men for de som er i det Tredje Kongerike eller det nye Jerusalem, private engler er belønnet på grunn av at de har elsket Gud og gjort Han veldig tilfreds. Antall engler som blir gitt ut vil også bli forskjellig ifølge hvor mye en ligner Gud og har gjort Ham tilfreds med deres lydighet.

Hvis en har et større hus i det nye Jerusalem, mangfoldige engler vil bli gitt fordi det menes at eierens hjerte ligner Guds hjerte og har ført mange mennesker til frelse. Det vil være engler som tar seg av huset, noen engler som tar seg av anleggene og tingene som blir utgitt i belønninger, og andre engler som tjener herren privat. Det vil bli mange engler.

Hvis du går til det Tredje Kongerike, vil du ikke bare ha engler som tjener deg privat, men også engler som tar seg av huset ditt, og de som fører og hjelper gjestene. Du vil bli takknemlig til Gud hvis du kan komme inn til det Tredje Kongerike fordi Gud lar deg styre i all evighet mens du blir tjent av engler som Han gir deg som evig belønninger.

Storslagent Flere-etasjes Privatbolig

I det Tredje Kongerike er det huser som er dekorert med vakre blomster, og trær med deilig duft, og det er haver og tjern. I tjernene er det mange fisker, og mennesker kan ha samtaler med dem og dele deres kjærlighet med dem. Englene spiller også vakker musikk eller menneskene kan lovprise Gud Faderen sammen med dem.

I motsetning til det Andre Kongerike hvor beboerne bare kan ha en favoritt ting eller bygning, kan menneskene i det Tredje Kongerike ha alt det de vil ha som for eksempel en golf bane, et svømmebasseng, et tjern, en sti for en spasertur, et ballrom o.s.v. De behøver derfor ikke å dra til nabohusene for å nyte noe de ikke har, og de kan nyte seg akkurat når de vil.

Husene i det Tredje Kongerike er flere-etasjes bygninger og er praktfulle, staselige, og store i størrelse. De er dekorert så vakkert at ingen billionær her på jorden kunne etterligne dem.

Og dessuten har ingen av husene i det Tredje Kongerike et dørskilt. Menneskene vet bare hvem som eier det selv uten et dørskilt, på grunn av den unike duften som uttrykker det rene og vakre hjerte til herren som strømmer ifra huset.

Husene i det Tredje Kongerike har forskjellige dufter og lysene har forskjellige klarheter. Det mere deres herre ligner Guds hjerte, det vakrere og sterkere er duften og lyset.

I det Tredje Kongerike blir det også gitt ut kjæledyr og fugler, og de er mye vakrere, klarere, og nydelige enn de i det Første eller det Andre Kongerike. Til og med skyebilene er gitt slik at de kan bruke dem offentlig, og menneskene kan reise rundt om hele den ubegrensede himmelen hvor mye de vil.

Akkurat som det er forklart, kan mennesker ha og gjøre alt hva de vil i det Tredje Kongerike. Livet i det Tredje Kongerike ville blitt langt vekk fra all fantasien.

Livets Krone

I Johannes' åpenbaring 2:10, er det et løfte om "livets krone" som vil bli gitt til de som har vært trofaste helt til døden, for Guds kongerike.

"Frykt ikke for det du skal lide! Se, djevelen skal

kaste noen av dere i fengsel, forat dere skal prøves, og dere skal ha trengsel i ti dager. Vær tro inntil døden, så vil jeg gi deg livsens krone!"

Frasen "å være trofast helt til døden" refererer her ikke bare til å være trofaste med troen på å bli en martyr, men også om å ikke kompromitere med verdenen og å bli fullstendig hellig ved å kaste vekk alle syndene helt til det punktet hvor en blir syk. Gud belønner alle de som kommer inn til det Tredje Kongerike med livets kroner fordi de har vært trofaste helt til døden og har seiret over alle slags prøver og vanskeligheter (Jakobs brev 1:12).

Når menneskene i det Tredje Kongerike besøker det nye Jerusalem, setter de et rundt merke på det høyre hjørnet av livets krone. Når menneskene i Paradiset, det Første Kongerike eller det Andre Kongerike besøker det nye Jerusalem, setter de et skilt på den venstre siden av brystet. Du kan se at æren er forskjellig for menneskene i det Tredje Kongerike på denne måten.

Men menneskene i det nye Jerusalem er under spesiell tilsyn av Gud, så de trenger ikke noe spesielt skilt for å skille seg ut. De er behandlet på en veldig spesiell måte som Guds virkelige barn.

Husene i det nye Jerusalem

Husene i det Tredje Kongerike er ganske forskjellige fra husene i det nye Jerusalem i størrelse, skjønnhet, og ære.

Først og fremst, hvis du sier at det minste huset i det nye Jerusalem er 100, er huset i det Tredje Kongerike 60. For eksempel, hvis det minste huset i det nye Jerusalem er 100,000 kvadrat fot, ville et hus i det tredje Kongerike bli 60,000 kvadrat fot.

Men størrelsene på de enkelte husene varierer fordi det avhenger fullstendig av hvor mye herren arbeidet for å frelse så mange mennesker som de kunne og for å bygge Guds kirke. Akkurat som Jesus sier det i Matteus' evangeliet 5:5, *"Salige er det saktmodige; for de skal arve jorden,"* er det avhengig av antall sjeler som eieren av huset har ført til himmelrike med et ydmykt hjerte, husets størrelse hvor han eller henne vil bo vil bli bestemt deretter.

Så det er mange boliger med titusenvis av kvadrat fot i det Tredje Kongerike og i det nye Jerusalem, men selv det største huset i det Tredje Kongerike er mye mindre enn de i det nye Jerusalem. I tillegg til størrelsen, er formen, skjønnheten, og juvelene for dekorasjonen også veldig forskjellige.

I det nye Jerusalem, er det ikke bare de tolv juvelene for grunnlaget, men også mange andre vakre juveler. Det er juveler som er utrolig store med slike vakre farver. Det er bare så mange juveler at du ikke kan navngi alle, og noen av dem skinner dobbelt eller til og med tredobbelt med overlappede lys.

Selvfølgelig er det mange juveler i det Tredje Kongerike. Men uansett dens variasjon, kan ikke juvelene i det Tredje Kongerike bli sammenlignet med de i det nye Jerusalem. Det er ikke noen juvel som skinner dobbelt eller tredobbelt lys i det Tredje Kongerike. Juvelene i det Tredje Kongerike har mye vakrere lys i sammenligning med de i det Første eller det Andre Kongerike, men det er bare simple og grunnleggende juveler, og selv den samme slags juvel er mindre vakker enn den i det nye Jerusalem.

Det er derfor menneskene i det Tredje Kongerike, som oppholder seg utenfor det nye Jerusalem og som er full av ære, ser på det og lengter etter å være der i all evighet.

"Bare hvis jeg prøvde litt hardere og
var mere trofast i alle Guds hus..."
"Bare hvis Faderen kaller på mitt navn en gang..."
"Bare hvis jeg er invitert en gang til..."

Det er utrolig mye lykke og skjønnhet i det Tredje Kongerike, men de kan ikke bli sammenlignet med de i det nye Jerusalem.

2. Hva Slags Mennesker Kommer til det Tredje Kongerike?

Når du åpner ditt hjerte og aksepterer Jesus Kristus som din personlige Frelser, den Hellige Ånd kommer og lærer deg om synden, rettferdigheten, og dommen, og får deg til å forstå sannheten. Når du adlyder Guds ord, kaster bort all slags ondskap og blir renset, er du i en tilstand hvor dine sjeler kommer godt overens – på troens fjerde nivå.

De som kommer til troens fjerde nivå elsker Gud veldig mye og er elsket av Gud og kommer nå til det Tredje Kongerike. Så hva slags spesiell person har troen som han kan komme inn til det Tredje Kongerike med?

Å Bli Renvasket ved å Kaste Vekk All Slags Ondskap

I løpet av tiden til det Gamle Testamentet, mottok folk ikke den Hellige Ånd. De ville derfor ikke kaste bort syndene på egen hånd som var dypt inne i deres hjerter. Derfor utførte de den fysiske omskjæringen, og med mindre ondskapen viste seg, betraktet de det ikke som en synd. Selv om en hadde en tanke om å myrde noen, var det ikke sett på som en synd så lenge tankene ikke resulterte i en handling. Bare når tanken ble utført i handling, ble det sett på som en synd.

Men i løpet av det Nye Testamentet, hvis du aksepterte Herren Jesus Kristus, kommer den Hellige Ånd inn til ditt hjerte. Med mindre ditt hjerte er renset, kan du ikke komme inn i det Tredje Kongerike. Det er på grunn av at du kan omskjære ditt hjerte ved hjelp av den Hellige Ånd.

Derfor kan du komme til det Tredje Kongerike bare når du kaster bort all slags ondskap som hat, utroskap, grådighet og lignende, og så bli renset. Så hvem har et renvasket hjerte? Han er den som har en åndelig kjærlighet akkurat som det er beskrevet i Paulus' 1. brev til korintierne 13, de ni fruktene til den Hellige Ånd i Galaterbrevet 5, og saligprisningene i Matteus' evangeliet 5, og han som ligner Herrens hellighet.

Det menes selvfølgelig ikke at han er på samme nivå som Herren. Samme hvor mye et menneske kaster bort hans synder og blir renvasket, er hans nivå så veldig forskjellig fra Guds, som er lysets opprinnelse.

For å kunne renvaske ditt hjerte, må du derfor først ha laget godt grunnlag i ditt hjerte. Med andre ord, du burde lage et godt grunnlag i ditt hjerte ved å ikke gjøre hva Bibelen forteller at du ikke skal gjøre og å kaste bort hva Bibelen sier at du må bli kvitt. Bare da kan du bære god frukt ettersom frøene er sådd. Akkurat som en bonde som sår frøene etter at han har ryddet jordet, vil frøet som blir sådd i deg gro, blomstre, og bære fruktene etter at du har gjort hva Gud har spurt deg om å gjøre og ved å beholde det Han forteller deg å beholde.

Renvasking refererer derfor til en tilstand hvor en blir renvasket fra de originale og selvbegåtte syndene ved den Hellige Ånds arbeide etter at han er født igjen med vannet og den Hellige Ånd ved å tro på den befridde makten til Jesus Kristus.

Å bli tilgitt dine synder ved å tro på blodet til Jesus Kristus, er forskjellig fra å kaste vekk syndenes natur inne i deg ved hjelp av den Hellige Ånd, ved å be ivrig og avbryte med å faste.

Å akseptere Jesus Kristus og bli Guds barn betyr ikke at alle dine synder i ditt hjerte forsvinner fullstendig. Du har fremdeles ondskap som hat, stolthet, og liknende i deg, og det er derfor at prosessen ved å finne ut om ondskapen ved å høre på Guds ord og kjempe mot det til du blør, er veldig viktig (Brevet til Hebreerne 12:4).

Dette er måten du kaster bort kjødets arbeide og beveger deg fremover mot helliggjørelse. Tilstanden hvor du ikke bare har kastet vekk kjødets gjerninger, men også kjødets ønsker i ditt hjerte, er troens fjerde nivå, statusen til helliggjørelse.

Renset Bare ved å Kaste Bort Syndene i Naturen

Hva er så synder i ens natur? De er alle synder som har blitt passert ned gjennom livets frø av ens foreldre siden Adams ulydighet. For eksempel kan du se at et spedbarn, som ikke engang er et år gammelt, har et ondt sinn. Selv om hans mor aldri har lært ham noe ondskap eller hat eller sjalusi, ville han blitt sint og gjort onde ting hvis hans mor ga sitt bryst til et nabo barn.

Han vil kanskje prøve å dytte vekk naboens barn, og vil begynne å gråte, fylt med sinne, hvis barnet ikke går vekk ifra hans mor.

Likeledes, grunnen til at et barn viser onde gjerninger, selv om han ikke har lært noe om det på forhånd, er på grunn av at det er synd i hans natur. Selv begåtte synder er synder som er avslørt i fysiske gjerninger fulgt av syndige ønsker fra hjertet.

Selvfølgelig, hvis du er frelst fra den originale synden, er det en selvfølge at dine selvbegåtte synder vil bli kastet bort fordi røttene til syndene er flyttet. Derfor er åndelig fornyelse begynnelsen til rensingen, og rensingen er den perfekte fornyelsen. Hvis du er født på ny håper jeg derfor at du vil leve et fremgangsrikt og Kristelig liv for å fullføre rensing.

Hvis du virkelig vil bli renset og får tilbake Guds savnede bilde, og prøver ditt beste, da kan du kaste vekk dine synder i din natur ved Guds nåde og styrke, og med hjelp av den Hellige Ånd. Jeg håper at du vil være i likhet med Guds hjerte når Han anmoder deg til, *"Du skal være hellig, for jeg er hellig"* (Peters' 1. brev 1:16).

Renset, men Ikke Fullstendig Trofast i Alle Guds Hus

Gud har tillat meg å ha en åndelig kommunikasjon med en person som allerede har gått bort, og som er kvalifisert til å komme inn i det Tredje Kongerike. Porten til hennes hus er dekorert med buete perler, og dette er på grunn av at hun ba så mye med tårer i hennes sorg og med mye iherdighet når hun var her på jorden. Hun var slik en trofast troende som ba for Guds kongerike og rettferdigheten, og for hennes kirke og dens prester og medlemmer med så mye iherdighet og tårer.

Før hun møtte Herren, var hun så fattig og uheldig at hun var ikke engang i besittelse av et stykke gull. Etter at hun hadde akseptert Herren, kunne hun springe mot helliggjørelsen fordi hun kunne adlyde sannheten etter at hun hadde insett den ved å høre på Guds ord.

Hun kunne også godt utføre hennes gjerninger fordi hun mottok mye lære ifra en prest som Gud elsker veldig mye, og som hadde tjent ham godt. For dette kunne hun ende opp i et lysere og vakrere sted innenfor det Tredje Kongerike.

Dessuten vil en veldig skinnende juvel fra det nye Jerusalem bli plassert på porten av hennes hus. Dette er juvelen som ble gitt til henne av presten som hun tjente mens hun var her på jorden. Han vil ta en fra hans juveler i hans stue og sette den på porten av hennes hus når han kommer dit på besøk. Denne juvelen vil bli tegnet på at hun vil bli savnet av presten som hun tjente her på jorden fordi hun ikke kunne komme inn i det nye Jerusalem selv om hun hadde vært veldig behjelpelig for ham her på jorden. Så mange mennesker i det Tredje Kongerike vil bli misunnet av denne juvelen.

Men hun vil fremdeles føle seg sørgelig for at hun ikke kunne komme inn til det nye Jerusalem. Hvis hun hadde hatt nok tro til å komme inn til det nye Jerusalem, ville hun i fremtiden ha vært med Herren, og presten som hun tjente her på jorden, og andre elskede medlemmer fra kirken hennes. Hvis hun hadde vært litt mere trofast her på jorden, kunne hun ha kommet inn til det nye Jerusalem, men på grunn av ulydighet mistet hun leiligheten når den ble gitt til henne.

Men hun er så takknemlig og dypt rørt for æren som er gitt

til henne i det Tredje Kongerike og bekjenner etterpå. Hun er veldig takknemlig fordi hun har mottat de nydelige tingene i belønninger, som hun ikke kunne bare ha tjent på egen hånd.

"Selv om jeg ikke kunne komme inn til det nye Jerusalem hvor det er fult av Faderens ære, fordi jeg ikke var perfekt i alt, har jeg huset mitt i dette vakre Tredje Kongerike. Mitt hus er så stort og så vakkert. Selv om det virkelig ikke er stort i forhold til husene i det nye Jerusalem, ble jeg gitt veldig mange fantastiske og vidunderlige ting som de på jorden ikke engang kan drømme om.

Jeg har ikke gjort noe. Jeg har ikke gitt noe. Jeg har ikke gjort noe virkelig hjelpsomt. Og jeg har ikke gjort noe virkelig gledelig for Herren. Men fremdeles er æren som jeg har her så stor at jeg kan bare være sørgelig og takknemlig. Jeg takker også Gud for at Han tillot meg å komme på et mere praktfult sted innenfor det Tredje Kongerike."

Mennesker med Troen om Martyrdød

Akkurat som den som elsker Gud så mye og blir renset i hans hjerte kan komme inn i det Tredje Kongerike, kan du minst komme inn til det Tredje Kongerike hvis du har troen om martyrdød hvor du kan ofre alt, til og med ditt liv, for Gud.

Medlemmene av de tidligere kristelige kirkene som hadde beholdt troen helt til de ble halshugget, spist opp av løvene i Colosseumet i Roma, eller brendt, vil motta belønningen for en martyr i himmelen. Det er ikke lett å bli en martyr under slike harde forfølgelser og trussler.

Rundt deg er det mange mennesker som ikke holder Herrens dag hellig eller som forsømmer de gjerningene som de har fått ifra Gud på grunn av deres ønske om mere penger. Denne slags mennesker, som ikke kan adlyde slike små ting, kan aldri holde på deres tro i en livstruende situasjon, og langt mindre bli en martyr.

Hva slags mennesker har martyrenes tro? Det er de som har oppriktig og uforanderlige hjerter akkurat som Daniel fra det Gamle Testamentet. De som har dobbelt sinn og som søker etter ting for seg selv, men som kompromitterer med verden, har veldig liten sjanse til å bli martyrer.

De som virkelig kan bli martyrer må ha uforanderlige hjerter akkurat som Daniel. Han holdt troens rettferdighet og visste godt at han ville gå inn til løvenes hule. Han beholdt sin tro selv til den siste tiden når han ble kastet inn til løvenes hule ved å bli lurt av de onde menneskene. Daniel dro aldri vekk ifra sannheten fordi hans hjerte var rent og ekte.

Det er det samme med Stephen fra det Nye Testamentet. Han ble steinet i hjel mens han forkynte Herrens evangelium. Stephen var til og med en renset mann som kunne til og med be for de som steinet ham til tross for hans troskyldighet. Så hvor mye ville Herren elske ham? Han vil spasere med Herren i all evighet i himmelrike, og hans skjønnhet og ære vil være enorm. Derfor burde du innse at den viktigste tingen er å fullføre rettferdigheten og rensingen av hjertet.

Det er veldig få som har det sanne hjerte i dag. Selv Jesus spurte, *"Men når Menneskesønnen kommer, vil Han finne troen her på jorden?"* (Lukas 18:8) Hvor verdifull ville du ikke være i Guds øyne hvis du ble et renset barn ved å beholde troen og kaste vekk all slags ondskap selv i denne verden som er så full av synder?

Derfor ber jeg i Herrens navn at du vil be intenst og hurtig rense ditt hjerte, og se frem til æren og belønningene som Gud Faderen vil gi deg i himmelen.

10. Kapittel

Det Nye Jerusalem

1. Folkene i det Nye Jerusalem Står Ansikt til Ansikt med Gud

2. Hva Slags Mennesker Kommer til det Nye Jerusalem?

*Og jeg så den hellige stad, det nye Jerusalem,
stige ned av himmelen fra Gud,
gjort i stand som en brud som er prydet
for sin brudgom.*
- Johannes' åpenbaring 21:2 -

I det nye Jerusalem, som er det vakreste stedet i himmelen og full av Guds ære, ligger Guds Trone, Herrens slott og den Hellige Ånd, og husene til folkene som tilfredstilte Gud så mye med troens høyeste nivå. Huser i det nye Jerusalem blir laget like vakkre som måten som se såkalte herrer i husene vil at de skal se ut. For å kunne komme inn i det nye Jerusalem, som er like klart og vakkert som krystall, og dele den virkelige kjærligheten med Gud i all evighet, må du ikke bare ligne Guds hellige hjerte, men også fullstendig holde dine forpliktelser akkurat som Herren Jesus gjorde.

Hva slags sted er så det nye Jerusalem, og hva slags mennesker kommer dit?

1. Folkene i det Nye Jerusalem Står Ansikt til Ansikt med Gud

Det nye Jerusalem, som også heter den himmelske Hellige Byen, er like vakker som en brud som har pyntet seg for hennes mann. Folkene der har rettighetene til å møte Gud ansikt til ansikt fordi Hans Trone er der.

Det er også kalt "ærens by" fordi du alltid vil motta Guds ære når du kommer inn i det nye Jerusalem. Veggen er laget av jaspis, og byen av rent gull, like rent som glass. Den har tre porter på hver av de fire sidene – nord, sør, øst, og vest – og det er en engel som holder vakt ved hver port. De tolv grunnlagene for byen er laget av tolv forskjellige slags juveler.

Tolv Perle Porter til det Nye Jerusalem

Så hvorfor er de tolv portene til det nye Jerusalem laget av perler? Et skjell lever lenge, og setter inn all dens kraft til å lage en perle. På samme måte, må du kaste vekk syndene, og kjempe mot dem helt til du blir syk og bli trofast foran Gud helt til døden i utholdenhet og selvbeherskelse. Gud har laget portene av perler fordi du må overse dine omstendigheter med glede for å utføre dine gjerninger som du har fått ifra Gud selv om du går den smale veien.

Så når en person som kommer inn til det nye Jerusalem går gjennom perleporten, gråter han av bare glede og begeistring. Han gir all ubeskrivelig takk og ære til Gud som har ledet ham til det nye Jerusalem.

Hva er også grunnen til at Gud laget de tolv grunnlagene til de tolv forskjellige juvelene. Det er på grunn av at kombinasjonen til innholdet av de tolv juvelene er Herrens og Faderens hjerte.

Derfor burde du innse de åndelige meningene med hver juvel og fullføre de åndelige meningene i ditt hjerte for å kunne komme inn til det nye Jerusalem. Jeg vil forklare i detaljer om de betydningene i *Himmelrike II: Full av Guds Ære*.

Husene i Det Nye Jerusalem har Perfekt Enhet og Variasjon

Husene i det nye Jerusalem er akkurat som slottene i størrelse og praktfullhet. Hver av dem er unik ifølge eierens preferanser, og de er i perfekt enhet og variasjon. Variasjonen av farver og lys som kommer ut fra juvlene får deg også til å føle en skjønnhet og ære som ikke kan beskrives.

Folk kan se hvilket hus som tilhører hvem bare ved å se på det. De kan forstå hvor mye dens eier tilfredstilte Gud når han eller henne var her på jorden ved å se på ærens lys og de juvelene som dekorerer huset.

For eksempel, huset til personen som ble en martyr her på jorden vil ha dekorasjoner og registreringer om eierens hjerte og oppnåelser helt til martyrdøden. Registreringen er utskjært på en gylden plate og skinner veldig vakkert. Det vil stå, "Eieren av dette huset ble en martyr og fullførte viljen til Faderen på den __ de dagen i den __de måneden i året____."

Til og med fra porten kan menneskene se det sterke lyset som kommer ut fra den gylne platen hvor eierens prestasjoner er skrevet ned, og alle de som ser det vil bukke. Martyrdød er slik en stor ære og premie, og den er Guds stolthet og glede.

Siden det ikke er noen ondskap i himmelen, bukker menneskene automatisk hodene ifølge deres rang og i hvilken grad som han er elsket av Gud. Også, akkurat som menneskene gir et skilt for takknemlighet eller fortjenstfull tjeneste for å feire deres prestasjoner, gir Gud også et skilt til hver og en for å feire at de gir Ham ære. Du kan se at duftene og lysene er forskjellige ifølge hva slags skilt de har.

Dessuten sørger Gud for å sette noe i menneskenes hus hvor de kan minnes om den tiden de hadde her på jorden. Selv i himmelen kan du selvfølgelig se begivenheter fra før i tiden hvor du var her på jorden, på noe som ligner en TV.

Kronen av Gull eller Rettferdigheten

Hvis du kommer inn til det nye Jerusalem, vil du i

virkeligheten bli gitt din privat bolig og kronen av gull, og kronen med rettferdigheten vil bli belønnet ifølge dine gjerninger. Dette er den mest ærede og vakreste kronen i himmelen.

Gud selv gir gullkronene i belønning til de som kommer inn til det nye Jerusalem, og rundt Guds Trone er det tjuefire eldre med de gyldne kronene.

"Rundt omkring tronen var det tjuefire troner; og oppe på tronene så jeg tjuefire eldre sittende, kledd i hvite klær, og gylne kroner på hodene deres" (Johannes' åpenbaring 4:4).

"De eldre" refererer ikke her til tittelen som er gitt i de jordiske kirkene, men de som er rettferdige i Gud åsyn og anerkjent av Gud. De er renset og har fått helligdommen i deres hjerte like som de har fått det synlige sanktuarium. "Å fullføre helligdommen i hjertet" refererer til å bli en person med ånd ved å kaste bort all slags ondskap. Å utføre det synlige sanktuarium betyr å fullstendig utføre gjerningene her på jorden.

Nummeret "tjuefire" står for alle menneskene som har kommet gjennom porten til frelsen ved troen som de tolv stammene i Israel, og blitt renset som de tolv disiplene til Herren Jesus. "Tjuefire eldre" refererer derfor til Guds barn som er erkjent av Gud og er trofaste i alle Guds hus.

De som har troen som gull som aldri vil bli forandret vil motta gullkronene, og de som lengter etter å se Herren som apostelen Paulus vil motta rettferdighets kronen.

"Jeg har stridt den gode strid, fullendt løpet, bevart

troen. Så ligger da rettferdighetens krans rede for meg, den som Herren, den rettferdige dommer, skal gi meg på den dag, men ikke meg alene, men alle som har elsket Hans åpenbarelse" (Paulus 2. brev til Timoteus 4:7-8).

De som lengter etter at Herren viser seg vil selvfølgelig leve innenfor lyset og sannheten, og vil bli godt forberedte skapninger og Herrens bruder. De vil derfor motta kronene deretter.

Apostelen Paulus var ikke overveldet av noen forfølgelser eller lidelser, men prøvde bare å utvide Guds kongerike og fullføre Hans rettferdighet med alt Han gjorde. Han avslørte Guds ære utrolig sterkt hvor enn han dro med hans arbeide og iherdighet. Det er derfor Gud har gjort istand kronen med rettferdighet for apostelen Paulus. Og han vil gi det til alle de som lengter etter å se at Herren viser seg akkurat som ham.

Alle Ønskene i Hjertene Deres Vil Bli Oppfylt

Hva du hadde i tankene her på jorden, hva du elsket å gjøre, men ga opp på grunn av Herren – Gud vil gi deg tilbake alle de tingene i vakre belønninger i det nye Jerusalem.

Derfor har alle husene i det nye Jerusalem alt det du ville ha, slik at du kan gjøre alt det du vil gjøre. Noen huser har tjern slik at eierne kan seile med båt og noen har en skog hvor de kan spasere. Mennesker vil kanskje også nyte å prate med deres kjære ved et tebord i hjørnet av en vakker have. Det er huser med enger som er dekket med gressplener og blomster, slik at mennesker kan spasere og synge lovprisninger med forskjellige slags fugler og vakre dyr.

På denne måten har Gud laget i himmelen alt hva du ville ha her på jorden, uten å være foruten en eneste ting. Hvor dypt vil du bli rørt når du ser alle de tingene som Gud har gitt deg med stor omtenksomhet?

Å kunne komme inn til det nye Jerusalem er i seg selv en kilde av lykke. Du vil leve i uforandret lykke, ære, og skjønnhet i all evighet. Du vil bli full av lykke og begeistring når du ser på jorden, himmelen, eller alle andre steder som du ser på.

Menneskene føler seg fredelige, komfortable, og sikre bare ved å oppholde seg i det nye Jerusalem fordi Gud har laget det for Hans barn som Han virkelig elsker, og hvert hjørne av det er fyllt med Hans kjærlighet.

Så samme hva du gjør – om du spaserer, hviler, leker, spiser, eller snakker med andre mennesker – vil du bli fylt med glede og lykke. Trær, blomster, grass, og til og med alle dyrene er kjærlige, og du vil føle en ære av praktfullhet fra veggene i slottet, dekorasjonene, og alt utstyret i huset.

I det nye Jerusalem, kjærligheten for Gud Faderen er som en fontene og du vil bli fyllt med en evig lykke, takknemlighet, og glede.

Å Stå Ansikt til Ansikt med Gud

I det nye Jerusalem, hvor det høyeste nivået av æren, skjønnheten, og lykken befinner seg, kan du møte Gud ansikt til ansikt og spasere med Herren, og du kan leve med dine kjære i all evighet.

Du vil ikke bare bli beundret av engler og himmelske verter, men også av alle menneskene i himmelrike. Dine private engler vil også tjene deg akkurat som en konge blir tjent, og virkelig møte alle dine ønsker og behov. Hvis du vil fly i luften, vil din private skybil komme og stoppe rett foran dine føtter. Så fort du kommer inn i sky bilen, kan du fly i luften så mye du vil, eller du kan kjøre den på bakken.

Så hvis du kommer inn i det nye Jerusalem, kan du se Gud ansikt til ansikt, leve med dine kjære i all evighet, og alle dine ønsker vil bli gitt til deg med en gang. Du kan få alt hva du vil, og også bli behandlet som en prins eller en prinsesse i et eventyr.

Å Være Med På Festmiddagene i Det Nye Jerusalem

I det nye Jerusalem er det alltid festmiddager. Noen ganger er Faderen verten for festmiddagene, og noen ganger gjør Herren eller den Hellige Ånd det. Du kan føle gleden til det hellige livet veldig godt gjennom disse festmiddagene. Du kan føle overfloden, friheten, skjønnheten, og gleden på et øyeblikk i disse festmiddagene.

Når du er med på festmiddagene som blir holdt av Faderen, vil du ta på deg den beste kjolen og pyntene, spise og drikke den beste maten og drikke. Du vil også nyte sjarmerende og vakker musikk, lovprisningen og dansene. Du kan se på at engler danser, eller noen ganger kan du selv danse for å tilfredsstille Gud.

Englene er vakrere og mer perfekte teknisk, men Gud er mer tilfreds med aromaen fra Hans barn som kjenner Hans hjerte og elsker Ham av hele deres hjerter.

De som tjente for gudstjenesten som ble tilbudt Gud her på jorden, vil også tjene i de festmiddagene for å gjøre det lykkeligere, og de som lovpriste Gud med synging, dansing, og spilling vil gjøre det samme på de himmelske festmiddagene. Du vil ta på deg en myk og luftig kjole med mange mønster, en vidunderlig krone, og dekorasjoner av juveler med veldig klare lys. Du vil også kjøre i en sky bil eller en gylden vogn ledet av engler for å komme til festmiddagene. Dunker ikke ditt hjerte av glede og forventninger bare ved simpelthen å drømme om alt dette?

Criuse Festivalen på Glass Sjøen

På det vakre havet i himmelen flyter en mengde av klart og rent vann som er akkurat likt krystall uten noen flekker eller brist. Vannet i det blå havet har rolige bølger ved brisen, og den skinner klart. Mange slags fisker svømmer i vannet som er gjennomsiktige, og når menneskene nærmer seg dem, ønsker de dem velkommen ved å flytte deres finner og erkjenner deres kjærlighet.

Koraler i mange farver blir også satt opp i mange grupper og svinger fram og tilbake. Hver gang de beveger seg, gir de fra seg lysene av de vakre farvene. Hvor vidunderlig er ikke severdigheten! Det er mange små øyer i havet, og de ser helt fantastiske ut. Dessuten seiler cruisebåter som "Titanic" rundt omkring og det er også festmiddager ombord på skipene.

Disse skipene har all slags utstyr, blant annet komfortabel losji, bowlingbaner, svømmebassenger, og ballsaler slik at menneskene kan nyte akkurat det de vil.

Bare det å forestille seg alle festene på disse skipene, som er større og mere vidunderlig dekorert enn noe luksuriøs cruisebåt her på jorden, sammen med Herren og dine kjære, ville være slik en stor glede.

2. Hva Slags Mennesker Kommer til det Nye Jerusalem?

De som har troen som gull, som lengter etter at Herren skal vise seg, og som forbereder seg som bruder til Herren vil komme inn til det nye Jerusalem. Så hva slags menneske må du være for å kunne komme inn til det nye Jerusalem, som er så klart og vakkert som krystall og full av Guds nåde?

Mennesker med Troen Til å Tilfredstille Gud

Det nye Jerusalem er stedet til de som er på troens femte nivå – de som ikke fullstendig har renset deres hjerter, men som også var trofaste i alle husene til Gud.

Troen som tilfredstiller Gud er den type tro som Gud er fullstendig tilfreds med, slik at Han vil fullføre Hans barns anmodninger og ønsker før de spør.

Hvordan kan du da tilfredstille Gud? Jeg vil gi deg et eksempel. La oss si at en far kommer hjem fra hans arbeide, og forteller sine sønner at han er tørst. Den første sønnen, som vet at hans far liker brus, henter et glass med Coca Cola eller Sprite til ham. Sønnen gir også hans far en massasje til hans fars nytelse, selv om hans far ikke spurte etter det.

På den annen side hentet den andre sønnen bare et glass vann til sin far og går så tilbake til hans rom. Hvem av de to sønnene kan nå bedre tilfredstille sin far, og forstå farens hjerte?

Istedenfor sønnen som brakte et glass med vann bare for å adlyde farens ord, må faren ha vært mere tilfreds med sønnen som brakte et glass Coca Cola som han likte og ga ham en

195

massasje som han ikke engang hadde spurt om. På samme måte, forskjellen mellom de som kommer inn til det Tredje Kongerike og det nye Jerusalem ligger i hvor mye menneskene tilfredstiller Gud Faderens hjerte, og som var trofaste ifølge Faderens vilje.

Mennesker med Hele Ånden og Med Herrens Hjerte

De som har troen som tilfredstiller Gud fyller bare deres hjerte med sannhet, og er trofaste i alle Guds hus. Å være trofast i alle Guds hus betyr å utføre flere gjerninger enn hva som er forventet av en med troen til selve Kristus, som adlød Guds vilje helt til han døde, og ikke bekymret seg over sitt eget liv.

De som er trofaste i alle Guds hus gjør derfor ikke arbeide med deres eget sinn og tanker, men bare med Herrens hjerte, det åndelige hjerte. Paulus beskriver hjerte til Herren Jesus i Paulus' brev til Filipperne 2:6-8.

[Jesus], han som, da Han var i Guds skikkelse, ikke aktet det for et rov å være Gud lik, men av seg selv ga avkall på det og tok en tjeners skikkelse på seg, idet Han kom i menneskenes lignelse, og da Han i sin ferd var funnet som et menneske, fornedret han seg selv, så han ble lydig inntil døden, ja korsets død.

Igjen løftet Gud Ham opp, ga Ham navnet over alle navn, lot Ham sitte på Guds Trones høyre side med ære, og ga Ham makten som "Konge av alle konger" og "Herre av alle herrer."
Du må derfor kunne adlyde Guds vilje betingelsesløst,

akkurat som Jesus gjorde, for å ha troen til å komme inn til det nye Jerusalem. Så den som kan komme inn til det nye Jerusalem må kunne selv forstå følelsesdybden av Guds hjerte. En slik person tilfredstiller Gud, fordi Han er trofast helt til han dør med å følge Guds vilje.

Gud renser Hans barn og fører dem til å ha en tro som gull slik at de kan komme inn i det nye Jerusalem. Akkurat som en gruvearbeider vasker og siler i lang tid når han søker etter gull, holder Gud øye med Hans barn når de forandres inn til vakre sjeler og vasker deres synder vekk med Hans ord. Når Han finner barn som har en tro som gull, fryder Han seg mere enn alle Hans smerter, agoni, og sorg som Han hadde tålt for å oppnå grunnen til den menneskelige kultivasjonen.

De som kommer inn til det nye Jerusalem er sanne barn som Gud har fått ved å vente i lang tid helt til de forandret hjertene deres til Herrens hjerte, og derfor opnådde hele ånden. De er veldig praktfulle til Gud, og Han vil elske dem veldig høyt. Det er derfor Gud befaler, *"Men Han selv, fredens Gud, helliggjorde dere helt igjennom, og gid deres ånd og sjel og legeme må bevares fullkomne, ulastelige ved vår Herre Jesus Kristi komme!"* i Paulus' 1. brev til Tessalonikerne 5:23.

Mennesker som Fullfører Martyrdødens Gjerninger med Glede

Martyrdød er å gi sitt eget liv. Det kreves derfor en sterk besluttsomhet og stor hengivenhet. Æren og betryggelsen som en mottar etter å ha oppgitt sitt liv for å kunne fullføre Guds vilje, på samme måte som Jesus gjorde det, er ubegripelig.

Selvfølgelig har alle som kommer inn til det Tredje Kongerike eller det nye Jerusalem troen til å bli en martyr, men den personen som i virkeligheten blir en martyr mottar en mye sterkere ære. Hvis du ikke er i en posisjon til å bli en martyr, må du ha hjertet til en martyr, oppnå helliggjørelse, og fullstendig fullføre dine gjerninger for å motta premien til en martyr. Gud åpenbarte til meg en gang hvilken ære en prest i kirken min vil motta i det nye Jerusalem så fort han har oppnådd hans gjerninger til en martyrdød.

Når han kommer til himmelen etter at han har oppnådd hans gjerninger, vil han gråte mye og se på huset sitt med takknemlighet for Guds kjærlighet. Ved porten til huset hans, er det en veldig stor have med mange slags blomster, trær og andre dekorasjoner. Fra haven til hovedbygningen ligger veien med gull, og blomstene lovpriser ferdighetene til deres eier og trøster ham med skjønn duft.

Det er også fugler med gullfjærer som skinner som lyset, og vakre trær som står i haven. Mangfoldige engler, alle dyrene, og til og med fuglene lovpriser prestasjonen til å få martyrdød og ønsker han derfor velkommen, og når han spaserer på blomsteveien, blir hans kjærlighet til Herren en nydelig aroma. Han vil fortsette med å erkjenne sin takknemlighet helt fra hans hjerte.

"Herren virkelig elsket meg så mye og ga meg en fantastisk forpliktelse! Det er derfor jeg kan fortsette med å elske Faderen!"

Inne i huset er det mange vakre juveler som dekorerer veggene, og lyset til karneol er så rødt som blod og lyset fra safiren er ekstraordinært. Karneolen viser at han oppnådde entusiasmen til å gi opp livet og den lidenskapelige kjærlighet, på samme måte som apostelen Paulus gjorde det. Safiren representerer hans uforanderlige, oppriktige hjerte og hederligheten, for å beholde sannheten helt til han døde. Det er for å huske martyrdøden.

På ytterveggen er det en inngravering som er skrevet av selve Gud. Den skriver ned tidene til eierens prøver, når og hvor han ble en martyr, og i hvilke omstendigheter han hadde fullført Guds vilje. Når mennesker med tro blir martyrer, ærer de Gud eller noen ganger sier de ting for å ære Ham. Slike bemerkninger er skrevet på denne veggen. Inngraveringen skinner så sterkt at du er fullstendig imponert og full av lykke ved å lese det og se på lysene som kommer derfra. Hvor imponerende ville det ikke være siden Gud, han som er selve lyset, skrev det! Derfor vil alle de som besøker hans hus knele foran skriftene som ble skrevet av selve Gud!

På veggene inne i stuen er det mange store skjermer med mange slags veggmalerier. Maleriene forklarte hva han hadde gjort siden han først møtte Herren – hvor mye han elsket Herren, og hva slags arbeide han gjorde på en viss tid, og hvilket hjerte han hadde på denne tiden.

I et hjørne av haven er det også mange slags idrettsutstyr som er laget av vidunderlig materiale og som har dekorasjoner som er utrolige her på jorden. Gud har laget dem for å trøste seg på grunn av at han likte veldig godt idrett, men ga det opp for prestetjenesten. Håndvekter er ikke laget av noen som helst metall eller stål som her på jorden, men er laget av Gud med spesielle dekorasjoner. De er i likhet med kostbare stener som skinner vakkert. Forbausende veier de forskjellig avhengig av hvilken person som trener med dem. Disse idrettsutstyrene er ikke brukt for å holde en i form, men beholdt som suvenir og fornøyelse.

Hvordan ville han føle det ved å se på alle disse tingene som Gud har laget til ham? Han måtte gi opp hans ønsker for Herrens skyld, men nå er hans hjerte trøstet, og han er veldig takknemlig for kjærligheten til Gud Faderen.

Han kan ikke gråtende stoppe og takke, og lovprise Gud, fordi Guds delikate og omsorgsfulle hjerte tilrettelagte alt hva han ville hatt, og savnet ikke noe i det hele tatt fra hans hjerte.

Mennesker som er Fullt Sammensveiset med Herren og Gud

I det nye Jerusalem, viste Gud meg at det er et hus som er like stort som en stor by. Det var så utrolig at jeg ikke kunne hjelpe for å bli overrasket på dens størrelse, skjønnhet, og herlighet.

Det kjempestore huset med tolv porter – tre porter hver på nord, sør, øst og vest. På midten er det et stort tre-etasjes slott, dekorert med rent gull og alle slags kostbare stener.

På første etasjen, er det sånn en stor entré hvor du ikke kan se fra den ene enden til den andre, og det er mange stuer. De er brukt til festmiddager eller som møtesteder. På andre etasjen er det rom til å vedlikeholde og utstille kroner, klær, og suvenir, og det er også steder til å motta profeter. Tredje etasjen er brukt spesielt for møter med Herren og for å dele kjærligheten med Ham.

Rundt slottet er det vegger som er dekket med blomster som lukter godt. Elven med Livets Vann flyter rundt slottet fredfullt, og over elven er det bue formede skye broer med regnbuens farver.

I haven gjør mange slags blomster, trær og gress det til en perfekt skjønnhet. På den andre siden av elven er det en kjempestor skog som du ikke engang kan fantasere om.

Det er også en fornøyelsespark med mange kjøretog som for eksempel krystall toget, viking toget som er laget av gull, og andre bygninger som er dekorerte med juveler. De gir fra seg skjønne lys når de er i drift. Utenom fornøyelsesparken er det en vid blomstervei, og over blomsterveien er det en slette hvor dyrene leker på og hvor de hviler fredfullt akkurat som på de tropiske slettene her på jorden.

Utenom disse, er det mange huser og bygninger som er dekorerte med mange slags juveler for å skinne vakre og mystiske lys rundt omkring hele området. Ved siden av haven, er det også en foss, og bak haugen er det et hav hvor et stort cruise skip som "Titanic" seiler rundt omkring. Alt dette er en del av ens hus, så du kan nå tenke deg litt hvor stor og vid dette huset er.

Dette huset som er som en stor by, er et turiststed i himmelen, og tiltrekker seg mange mennesker ikke bare fra det nye Jerusalem, men også fra over hele himmelrike. Menneskene morer seg selv og deler kjærligheten for Gud. Mangfoldige engler tjener også eieren, tar seg av bygningene og anleggene, ledsager sky bilene, og lovpriser Gud med dans og spilling av musikkinstrumenter. Alt er laget for den ytterste lykke og nytelse.

Gud har laget dette huset fordi eieren har overvunnet alle slags tester og prøver med troen, håpet, og kjærligheten, og har ledet så mange mennesker til frelsen ved livets ord og Guds makt, ved å elske Gud først, og mere enn noe annet.

Kjærlighetens Gud husker alle dine anstrengelser og tårer og gir deg tilbake ifølge hva du har gjort. Og Han vil at alle skal komme sammen med Ham og Herren med livgivende kjærlighet og for å bli åndelige arbeidere som leder mangfoldige mennesker til frelse.

De som har troen som kan tilfredstille Gud kan bli samlet med Ham og Herren gjennom deres livgivende kjærlighet fordi de ikke bare ligner Herrens hjerte og fullfører hele ånden, men gir også deres liv for å bli martyrer. Disse menneskene elsker virkelig Gud og Herren. Selv om det ikke var noe himmelrike, føler de hverken beklagelse eller savn etter hva de kunne nyte og ha her på jorden. Deres hjerter er så lykkelige og gledelige for å kunne handle ifølge Guds ord og for å kunne arbeide for Herren.

Mennesker med sann tro lever selvfølgelig i håpet om belønninger som Herren vil gi dem i himmelrike, akkurat som det er skrevet i Hebreerne 11:6, *"Uten tro er det umulig å tekkes Gud; for den som treder frem for Gud, må tro at Han er til, og at Han lønner dem som søker Ham."*

Men det betyr ikke noe for dem om det er en himmel eller ikke, eller om det er belønninger eller ikke, på grunn av at det er noe som er mere verdifullt. De føler at det er lykkeligere enn noe annet å møte Gud Faderen og Herren, som de elsker så innstendig. Å ikke kunne møte Gud Faderen og Herren er derfor mere ulykkelig og sørgelig enn ikke å motta belønninger eller å ikke kunne bo i himmelrike.

De som viser sin evige kjærlighet til Gud og Herren ved å gi deres liv selv om det ikke var noe lykkelig himmelsk liv, kommer sammen med Faderen og Herren, deres brudgom gjennom deres livgivende kjærlighet. Hvor stor ville ikke æren og belønningene som Gud har laget til dem bli!

Apostelen Paulus, som lengtet etter å se Herren og gjorde alt han kunne for Herrens arbeide og førte mange mennesker til frelse, tilsto følgende:

> *"For jeg er viss på at hverken død eller liv, hverken engler eller krefter, hverken det som nå er eller det som komme skal, eller noen makt, hverken høyde eller dybde eller noen annen skapning skal kunne skille oss fra Guds kjærlighet i Kristus Jesus, vår Herre"* (Paulus' brev til Romerne 8:38-39).

Det nye Jerusalem er stedet for Guds barn som har kommet sammen med Gud Faderen gjennom denne kjærligheten. Det nye Jerusalem som er like klart og vakkert som krystall, hvor det vil bli en utenkelig, oversvømmende lykke og glede, vil bli laget på en slik måte.

Kjærlighetens Gud Fader vil at alle ikke bare skal bli frelst, men også etterligne Hans hellighet og fullkommenhet slik at de kan komme til det nye Jerusalem.

Derfor ber jeg i Herrens navn at du vil innse at Herren som dro til himmelen for å gjøre istand rom til deg, kommer snart tilbake og fullfører hele ånden og holder deg uskyldig slik at du vil bli en vakker brud som kan si, "Kom snart, Herren Jesus."

Forfatteren:
Dr. Jaerock Lee

Dr. Jaerock Lee var født i Muan, Jeonnam Provinsen, Republikken i Korea, i 1943. I tjueårene led Dr. Lee i sju år av mange forskjellige uhelbredelige sykdommer og ventet bare på å dø uten noe som helst håp om å bli bedre. Men en dag på våren 1974 ble han imidlertidig ført til kirken av hans søster, og når han knelte ned for å be, helbredet Gud alle hans sykdommer ham med det samme.

Fra dette øyeblikket hvor han hadde møtt den levende Gud gjennom denne vidunderlige erfaringen, har Dr. Lee elsket Gud med hele sitt hjerte og med all oppriktighet, og i 1978 ble han utpekt som Guds tjener. Han ba iherdig gjennom uttalige fastende bønner slik at han klart og tydelig kunne forstå Guds vilje, fullstendig fullføre den og adlyde Guds Ord. I 1982 startet han Manmin Sentral Kirken i Seoul, Korea, og her har det skjedd mangfoldige mirakuløse helbredelser, tegn og under.

I 1986 ble Dr. Lee presteviet ved den Årlige Forsamlingen til Jesus' Sungkyul Kirken i Korea, og fire år senere i 1990, begynte de å kringkaste gudstjenestene i Australia, Russland, og på Filippinene. Innen kort tid nådde de mange flere land gjennom Den Fjerne Østens Kringkastingsfirma, Asias Kringkastingsstasjon, og Washingtons Kristelige Radio System.

Tre år senere i 1993, ble Manmin Kirken valgt som en av "Verdens 50 Beste Kirker" av magasinet 'Christian World' (US) og han mottok en Æret Guddommelig Doktorgrad fra 'Christian Faith College' i Florida, USA, og i 1996 fikk han en Doktorgrad i filosofi fra Menigheten fra 'Kingsway Theological Seminary' i Iowa, USA.

Siden 1993 har Dr. Lee vært i spissen av verdens evangelisering gjennom mange utenlandske kampanjer i Tansania, Argentina, L.A., Baltimore, Hawaii, og New York City i USA, Uganda, Japan, Pakistan, Kenya, og Filippinene, Honduras, India, Russland, Tyskland, Peru, Den Demokratiske Republikk i Kongo, Israel og Estonia.

I 2002 ble han kaldt "verdens vekkelsespredikant" av store Kristelige aviser i Korea for hans mektige menigheter i de forskjellige utenlandske kampanjene. Hans New York Kampanje i 2006' som ble holdt i Madison

Square Garden, som er den mest berømte arenaen i verden, var veldig spesiell. Begivenheten ble kringkastet til 220 nasjoner, og i hans 'Israelske Samlede Kampanje i 2009' som ble holdt i det Internasjonale Konferanse Senteret i Jerusalem, proklamerte han modig at Jesus Kristus er Messias og Frelseren.

Hans gudstjeneste er kringkastet til 176 nasjoner via satelitter inkludert GCN TV og han ble satt som en av de 10 Mest Inflytelsesrike Kristelige Ledere i 2009 og 2010 av det Russiske populære Kristelige bladet *In Victory* og det nye firma *Christian Telegraph* for hans mektige TV kringkatings menighet og utenlandske kirkemenigheter.

Fra og med januar 2016, har Manmin Sentral Kirke en menighet på mer enn 120,000 medlemmer. Det finnes 10,000 søster kirker rundt omkring i verden inkludert 56 kirker innenlands, og opp til nå har mer enn 103 misjonærer blitt sendt til 23 land, inkludert United States, Russland, Tyskland, Canada, Japan, Kina, Frankrike, Kenya, og mange flere.

Opp til datoen av denne utgivelsen har Dr. Lee skrevet 100 bøker, inkludert bestselgerene *Å Smake på Det Evige Livet Før Døden, Mitt Liv Min Tro I & II, Korsets Budskap, Troens Målestokk, Himmelen I & II, Helvete, Våkn Opp Israel,* og *Guds Makt*. Hans' arbeidet har blitt oversatt til mer enn 75 språk.

Hans Kristelige spalter står skrevet i *The Hankook Ilbo, The JoongAng Daily, The Chosun Ilbo, The Dong-A Ilbo, The Munhwa Ilbo, The Seoul Shinnum, The Kyunghyang Shinnum, The Korea Economic Daily, The Korea Herald, The Shisa News,* og *The Christian Press*.

Dr. Lee er for tiden lederen av mange misjonærorganisasjoner og forbund. Stillinger inkluderer: Formann, The United Holiness Church of Jesus Christ; Bestående President, The World Christianity Revival Mission Association; Grunnlegger & Viseformann, Global Christian Network (GCN); Grunnlegger & Viseformann, World Christian Doctors Network (WCDN); og Grunnlegger & Viseformann, Manmin International Seminary (MIS).

Andre prektige bøker fra den samme forfatteren

Himmelen II

Invitasjon til den Hellige Byen det Nye Jerusalem, som har tolv porter som er laget av glittrende perler ligger midt i den uendelige himmelen og skinner like glinsende som veldig vakre juveler.

Korsets Budskap

Et mektig og oppvekkende budskap for alle menneskene som sover åndelig! I denne boken vil du finne grunnen til at Jesus er den eneste Frelseren og Guds virkelige kjærlighet.

Helvete

Et oppriktig budskap til alle mennesker ifra Gud, som ikke ønsker at en eneste sjel skal falle inn i dypet av helvete! Du vil oppleve en beretning som aldri før har blitt avslørt om den grusomme virkeligheten til det Lavere Dødsrike og helvete.

Ånd, Sjel og Kropp I & II

En reisehåndbok som gir oss åndelig forståelse angående ånden, sjelen, og kroppen, og som hjelper oss å finne hva slags 'ego' vi har laget, slik at vi kan få makten til å seire over mørket og bli et åndelig menneske.

Troens Målestokk

Hva slags oppholdssted, kroner og belønninger blir forberedt for deg i himmelen? Denne boken gir deg visdom og veiledning slik at du kan måle din tro og kultivere den beste og mest modne troen.

Våkn Opp Israel

Hvorfor har Gud holdt øye med Israel helt fra verdens begynnelse og til denne dagen? Hva slags forsyn har Han forberedt for Israel de siste dagene, de som venter på Messias?

Mitt Liv, Min Tro I & II

Den vakreste åndelige duften fra livet som blomstret sammen med en uforlignelig kjærlighet for Gud, midt i de mørke bølgene, kalde åkene og de dypeste fortvilelsene.

Guds Makt

Dette er noe som en må lese og som gir oss en nødvendig veiledning hvor en kan ha sann tro og erfare Guds vidunderlige makt.

www.urimbooks.com

www.ingramcontent.com/pod-product-compliance
Lightning Source LLC
LaVergne TN
LVHW041702060526
838201LV00043B/534